ARCHIMONDAIN, JOLIPUNK

CAMILLE DE TOLEDO

Du cynisme à l'innocence

Archimondain, jolipunk

Confessions d'un jeune homme à contretemps

CALMANN-LÉVY

– Jusqu'à quand faudra-t-il s'excuser d'être romantique ? Pourquoi pas dès maintenant. Là. Hop ! D'un coup. Repeuplons le désert d'arbres lyriques et de merles frondeurs. Abandonnons le rire et la honte d'être simple. Le cliché n'est pas kitch. Il est simplement beau. Alors ? Qu'en pensez-vous ?

– On ne décrète pas la fin des temps désabusés d'un revers de main. Le cynisme est un puissant château gardé par de puissantes armées. Il vous faudra plus qu'un bon mot. Une insurrection ! Un ouragan ! Un bruit tellement dément qu'il ébranle les consciences. Et encore... Je doute que cela suffise.

« Cela implique du reste que pour pouvoir formuler un diagnostic sur l'époque, il faut être intoxiqué par son époque[1]. »

---

1. Peter Sloterdijk, *Essai d'intoxication volontaire*, Paris, Calmann-Lévy, 1999, p. 9.

Je dédie ce livre à Oscar du théâtre Aleph, chef d'orchestre du Cabaret de la dernière chance, Ivry-sur-Seine, à Ghérasim Luca, déconstructeur providentiel de nos langues mortes, à tous les poissons qui ont sauté hors de leur bocal pour échapper à l'ennui.

LE NOUVEL ENFERMEMENT

Où est la sortie ?

« Si rien ne semble plus pouvoir s'opposer au réel [...], ce n'est pas que le réel s'est enfin dévoilé, loin de là. C'est que ce réalisme est un idéalisme, c'est que nous vivons désormais immergés dans une représentation du monde et de nous-mêmes qui exclut toute contrariété et qui fait de cette exclusion ses titres de noblesse[1]. »

« On est bien dans une mesure de coercition, mais à laquelle la personne condamnée doit adhérer. Cette adhésion doit d'ailleurs exister dès le début, puisqu'on doit bien évidemment recueillir le consentement de la personne pour la placer sous bracelet électronique, et ce consentement sera recueilli assez facilement lorsque la personne est en détention et qu'on lui propose la liberté avec un bracelet électronique[2]. »

---

1. Jean-Paul Curnier, *Aggravation, 1989-1996*, Paris, Fourbis, 1997, p. 2.
2. *La France face à ses prisons*, audition d'Eric Lallement sur le bracelet électronique, documents d'information de l'Assemblée nationale, 1997.

Un homme se tient debout, immobile. Il suffoque. Autour de lui, les murs sont aussi transparents que l'eau. Il ne sent pas les murs. Il entend une multitude de voix : des opinions, des messages en continu. Tous lui enseignent qu'il est libre de choisir, de rêver, de se révolter même. Il n'est pas à l'intérieur d'un grand magasin. Il n'est pas venu manger du pop-corn dans un multiplexe. Comme les autres six milliards d'êtres humains, il habite un peu malgré lui dans la Nouvelle Architecture du Monde Uni. Il en connaît les principes : « tout est dedans, rien n'est plus en dehors », « l'éloignement est aboli », « le capitalisme est le seul régime authentiquement révolutionnaire », « l'absorption est une et indivisible ».

Il a oublié la provenance de ces principes. Il ignore qui en a décidé. Il se souvient que la Nouvelle Architecture du Monde Uni a débuté lorsque le capital eut fini de digérer les marges contestataires. Longtemps, il a cherché une issue. Il a été tiers-mondiste, puis situationniste, puis trotskiste. Le terrorisme a conduit une partie de ses amis en prison. Le punk et l'héroïne lui ont redonné un peu d'espoir. Il a voulu se suicider. Finalement, il a cédé à la résignation. Il faut préciser qu'elle ne fut pas trop douloureuse. La Nouvelle Architecture du Monde Uni est démocratique et généreuse. Elle prévoit que les êtres humains naissent égaux en droits et que, entre autres, ils ont le droit au bonheur. Elle offre la possibilité à chacun d'accéder au confort moderne par l'éducation et le travail. Enfin, en garantissant la paix et le commerce entre les nations, elle permet aux pays pauvres de se développer.

« Par ailleurs, se disait l'homme qui suffoque, puisque le capital absorbe tout, même ses critiques les plus violentes, à quoi bon s'obstiner ? C'est que l'indignation, la résistance, la contestation, le détournement, la révolte, l'insurrection appartiennent au passé. »

L'homme qui suffoque ne se trompait pas. Le projet du capital avait changé. Il s'était approprié les idées modernes – et ce qu'on appelait alors les idées postmodernes –, si bien que tous ceux qui s'y opposaient paraissaient conservateurs ; dans les antichambres du pouvoir économique et culturel qui avaient désormais fusionné, les opposants étaient perçus comme des peine-à-jouir. De quoi se plaignaient-ils, après tout ? Grâce à la Nouvelle Architecture du Monde Uni, la contestation de l'ordre était le fondement de l'ordre nouveau. Le renversement de toutes les valeurs était l'unique valeur. Le dérèglement des sens s'arrangeait très bien des lignes de compte. Même les entrepreneurs se voyaient prêter les qualités jadis réservées aux poètes. Les insurgés et les visionnaires hier rejetés par la bonne société étaient désormais invités aux meilleures tables. La norme esthétique du capital s'était déplacée. Elle n'était plus blanche, masculine et suante comme le rock'n'roll, mais exotique, métissée et sensuelle comme la world music.

Pour l'homme qui suffoque, la résignation à la Nouvelle Architecture du Monde Uni eut des effets inattendus. Il s'attira les faveurs des gens de lettres et des multinationales. La connaissance qu'il avait des milieux alternatifs lui permit de s'enrichir. Il fut successivement concepteur-rédacteur dans une agence de publicité, directeur d'un magazine branché, consultant pour la nouvelle économie, présentateur d'une émission de télé qui mettait la déviance à la portée du grand public. Il travailla quelques années pour une agence spécialisée de l'ONU qui visait à faciliter l'accès des PMA, les pays les moins avancés, aux technologies de l'information et de la communication.

De ces expériences, il conclut que le seul des-

tin de l'humanité était le réformisme dans le cadre indépassable de la démocratie de marché, et l'unique horizon de la contre-culture une marchandisation in fine *de tous ses modes d'expression. Pourquoi alors, me direz-vous, celui qui avait tiré tant de profits de sa dissidence suffoquait-il ? Il ne le savait pas lui-même.*

Il laissa glisser ses mains sur les murs invisibles. Sa condition était plus simple lorsque les parois étaient couvertes de barbelés, lorsque l'oppression avait un nom, un lieu et un visage. Des gouttes de sueur perlaient sur son front. Un jeune homme en colère passa à ses côtés. Il lui ressemblait, avec peut-être trente ans de moins. Il le vit sortir deux bombes de peinture de ses poches : l'une rouge et l'autre noire. Sur l'une des parois transparentes, le jeune homme se mit à écrire « Power is invisible until you provoke it [1] ». *L'homme qui suffoque sourit. Il aurait préféré ne pas, mais c'était plus fort que lui. Il savait que ce slogan finirait sur une paire de Nike. Le jeune revint sur ses pas. Cette fois-ci, il était furieux. La peinture avait disparu. Il tapa à l'endroit où il avait signifié sa colère. Ses bras s'enfoncèrent. Il tapa plus fort. Entraîné par son geste, il traversa le mur. De l'autre côté, un directeur en ressources humaines lui pro-*

1. « Le pouvoir est invisible jusqu'à ce que vous le provoquiez. »

posa un emploi dans une entreprise non hiérarchique de création.

L'homme qui suffoque élargit alors le col de sa chemise. Il tenta de prendre appui sur les parois molles de la Nouvelle Architecture du Monde Uni. Il se mit à courir, s'engouffra dans l'une des allées. Il croyait approcher de la périphérie, là où les murs sont vieillis et raturés. Au lieu de cela, il entrait dans ce qui lui parut être un parc à thème absurde où le sous-commandant Marcos vendait du nougat glacé, Che Guevara servait de joystick à un jeu virtuel et Marx occupait la tête de proue du train fantôme.

CINQ PIERRES

Je suis un asthmatique de l'âme. Je veux dire par là que l'époque me pose un problème respiratoire. Pas de ceux que l'on remarque au premier coup d'œil. Je ressens une peine plus discrète, sans toussotements, sans raclures de gorge. J'ai observé, visité, goûté tout ce que l'on dit receler la saveur du temps. Toujours je suis sorti de ces *faderies* plus suffoquant encore. Je manque d'air. C'est ce qui m'a conduit très tôt à chercher, dans le fatras de mes années 90, quelques espaces, deux ou trois idées... pour respirer. Je pense ne pas être le seul. Au contraire, je veux bien prendre les paris : ce « JE » suffoquant est un NOUS ; le NOUS d'une génération qui a façonné sa conscience entre deux dates curieusement symétriques : 9/11 pour 9 novembre 1989. 11/9 pour 11 septembre 2001. La chute d'un mur et la chute des tours. Boum derrière. Badaboum devant. Deux fois 9, deux fois 11, et deux effondrements. Entre ces butoirs écroulés, j'ai appris à nommer capitalisme ce que, de tout temps, on a nommé grandir. J'ai fini par confondre le devenir adulte et la résignation à La Chose... La chose stupide des vanités, la chose ignorante des concurrences, la chose imbécile de l'appât, le devoir d'être puis celui d'exister, le gras au bide et la merde dans les yeux. Deux fois 9, deux fois 11. Deux effondrements d'où surgit une conscience impensée, la mienne, la nôtre. 119911. La conscience-palindrome de ma génération. À l'endroit, à l'envers, elle n'a eu face à elle qu'un gros tas de poussières et de vulgarités. La conscience-palindrome mériterait d'être entendue. C'est qu'elle n'y parvient pas. Pas encore, en tout cas. Les vieux la tiennent sous silence. Ils lui interdisent ses cris. Ils ne l'acceptent qu'amoindrie, édulcorée, consommable. Ils la taisent jusqu'à ce qu'elle soit vieillie, pétrifiée, à mi-chemin de l'impure, empreinte des petits renoncements qui viennent avec les rides. Alors, quand finalement elle fera son entrée dans les livres d'histoire et les grandes tribunes... trop tard. La belle conscience du double effondrement se sera accommodée. Son besoin respiratoire sera comblé par la trivialité de la mangeaille. Voilà pourquoi je souhaite la saisir avant qu'elle ne pourrisse et que la vie n'ait grignoté tout mon stock d'innocence. Je suis un enfant à qui l'on a bourré le crâne de leçons trop nombreuses. Je le dis, je le sais, il y a dès aujourd'hui, chez nous, fils et filles du BOUM et du BADABOUM, la force et la candeur qui font les grands changements et les vraies œuvres d'art. Je rage chaque jour de l'impudeur avec laquelle les vieux s'étalent et se répandent. Qu'ils meurent, bon sang, et emportent avec eux leurs ego misérables, leurs souvenirs, leur État, leur libération sexuelle, leurs révolutions ratées, leurs désillusions, leurs partis, parlements et tous leurs cadavres. L'histoire qu'ils écrivent, nous n'en voulons plus. La nôtre, la voilà !

Pour les enfants du double effondrement, la cause première de la nouvelle contestation n'est pas économique. Elle est respiratoire. Elle repose sur un sentiment diffus, désagréable et obsédant ; une claustration ! Oui, c'est cela. Une claustration pesante face à l'opinion très généralement partagée que le monde est désormais clos et qu'il n'existe plus qu'un seul système de gestion politique, sociale et culturelle, de l'humain. Cette claustration provoque un mal étrange, sans symptômes apparents ; un mal qui se traduit par une sensation puissante d'impuissance et qui serre le ventre, la gorge et le corps tout entier. C'est pour abolir ce mal que les enfants gâtés de l'Occident cherchent à reconstruire une possibilité de résistance. Est-ce un caprice ? Je ne crois pas. Les dix dernières années ont été teintées de désespoir. Et c'est contre ce désespoir que nous avons dû inventer une raison d'être qui ne soit pas UNE RÉSIGNATION.

En 1951, Albert Camus s'interrogeait : « Qu'est-ce qu'un homme révolté ? Un homme qui dit non. Mais s'il refuse, il ne renonce pas : c'est aussi un homme qui dit oui, dès son premier mouvement. Un esclave qui a reçu des ordres toute sa vie juge soudain inacceptable un nouveau commandement. Quel est le contenu de ce non[1] ? » Depuis ce temps, la révolte a connu cinquante ans de récupération marchande, l'association de ses idéaux à des buts lucratifs et la conversion de toute une classe de contestataires au réformisme de marché. La question n'est plus : quel est le contenu de ce *non*, mais pourquoi le *non* a perdu son contenu. Contre quoi, contre qui dire *non* ? Jusqu'aux récentes manifestations de Seattle, de Prague, de Gênes, cette impossibilité a constitué l'architecture invisible de ce que nous appelons : le nouvel enfermement. Il décrit l'état dans lequel nous avons été plongés tout au long de notre adolescence ; une époque où nous avions le choix entre le désespoir, le suicide et le rire. Le désespoir d'un destin parvenu à son terme dès le commencement, le suicide comme fuite, et le rire comme mode de survie. Dans l'enfermement, le problème de la révolte était l'anéantissement de sa cause, le tarissement de sa source, l'utilité marchande de sa représentation. Cet état s'est imposé sans

1. Albert Camus, *L'Homme révolté*, Paris, Gallimard, 1951.

coercition, comme ça, simplement, par la sentence du tout-a-déjà-été-essayé. Nous étions blasés. Le *non* de Camus ennuyait. Le déballage des révoltes, transformées au mieux en vulgaires coups de gueule, au pire en arguments marketing, était inaudible. Partout, les hurlements et les cris de colère sonnaient comme des postures passagères. La sincérité de l'indignation qui nous revenait parfois en mémoire, la nuit, souvent, lorsque la solitude nous sauvait de la monotonie des divertissements, cette sincérité, donc, était devenue obscène.

En explorant l'architecture invisible de cet enfermement, j'ai voulu comprendre comment la révolte a été neutralisée et comment nous avons été condamnés à rire à force d'impuissances. Disons que cette architecture est composée de cinq pierres. La première a bloqué toute possibilité d'Histoire. La deuxième a condamné toute volonté de résistance. La troisième a neutralisé les tactiques de subversion. La quatrième a absorbé toutes les marges. La cinquième a dispersé le pouvoir économique et politique à tel point que la contestation s'est retrouvée sans lieu. Et ce pentagone préfabriqué nous a servi d'école du désespoir, une école qui a produit le rire cynique et le *dandysme de masse*.

DORMEZ TRANQUILLES

La première pierre de l'architecture invisible, c'est *l'esprit des fins*. Elle fut taillée au tournant des années 80-90, lorsque, à Moscou, la fête de la liberté battait son plein. J'avais treize ans. Elle fut ciselée à partir des autres pierres ; celles qu'on avait arrachées au GRAND MUR et qui désormais se vendaient sur les marchés aux puces de l'Occident sous forme de pendentifs. Les pierres de Berlin, grises et rayées par les barbelés côté face, colorées par les graffitis de la contre-culture côté pile. Les temps, il faut s'en souvenir, étaient heureux. L'air léger. Ma mère m'avait rapporté un T-shirt où étaient imprimées les dates : 9-11 novembre 1989. En quelques mois, après plusieurs lavages, les inscriptions avaient presque entièrement disparu.

L'été qui avait précédé le T-shirt, une revue américaine, *The National Interest*[1], avait publié un article intitulé « La fin de l'Histoire ? ». L'auteur, Francis Fukuyama, n'était jusque-là connu que d'une poignée d'étudiants et d'universitaires. Il avait pris soin de ponctuer son titre d'un point d'interrogation, façon de dire :

---

1. Francis Fukuyama, « La fin de l'Histoire ? », in *The National Interest*, n° 16, été 1989, p. 3-18 ; trad. fr. dans la revue *Commentaires*, n° 47.

je n'en suis pas totalement sûr, mais il se peut en effet que nous soyons arrivés au terme de l'Histoire. Le mal était fait. Les grands déversoirs de la communication avaient trouvé la rhétorique de l'après-guerre froide. Dialectique terminée, début de l'achèvement, moteur de l'Histoire à sec. Désormais, la démocratie et le libéralisme marchaient main dans la main comme deux jeunes mariés à Las Vegas. L'humanité ne pouvait plus se projeter qu'en suivant les lignes de ce devenir macabre.

Aux vieux qui ont connu les folies barbares du XXe siècle, je demande un effort d'imagination : pensez-vous que l'on puisse vivre avec un cimetière comme maternité ? Que Fukuyama ait raison ou tort, je laisse aux philosophes la peine de trancher. Je veux me concentrer sur l'emploi vulgaire et répété de l'expression « C'est la fin de l'Histoire ». Il faut l'entendre comme un enfant, le soir, lorsque le livre se referme, la voix se tait, la lumière s'éteint et l'ombre de celui qui nous accompagne dans le sommeil disparaît en laissant derrière elle une phrase douce et amère : « Dormez tranquilles. » Nous avons été bercés par ce « Dormez tranquilles ». Nous sommes les enfants de cet éloge funèbre. Nous aurions pu nous laisser convaincre : que toute création est vaine, que toute écriture est un babillage, que toute lutte est inutile. Les causes qui auraient pu nous donner une raison d'exister semblaient – il suffisait de cocher – passées ou dépassées. Les indépendances : passées. L'aliénation : dépassée. Le punk : passé. Le rock'n' roll : dépassé. Le syndicalisme : dépassé. Le communisme : passé. La modernité : dépassée.

Fukuyama avait flairé quelque chose que tout le monde sentait. Depuis le milieu des années 80, l'achèvement était dans l'air[1]. *L'esprit des fins* faisait salle comble. On se plaisait à mutiler le devenir. On prenait goût à l'enterrement définitif du réel. C'était une bien curieuse passion. Tout devait disparaître ou s'éteindre ou s'achever ou je ne sais quoi encore... Au lieu d'entendre les sons joyeux des baptêmes et des dragées que l'on suce, partout des messes étaient données pour célébrer la fin. Parmi cent autres nécrologies, celle de Hans Belting, un historien d'art allemand, et celle d'Arthur Danto, un

1. « [...] Un consensus assez remarquable semblait apparu ces dernières années concernant la démocratie comme système de gouvernement, puisqu'elle avait triomphé des idéologies rivales – monarchie héréditaire, fascisme et, tout récemment, communisme. Je suggérais en outre que la démocratie libérale pourrait bien constituer le point final de l'évolution idéologique de l'humanité et la forme finale de tout gouvernement humain, donc être en tant que telle la fin de l'Histoire. » Francis Fukuyama, *La Fin de l'Histoire*, Paris, Flammarion, coll. « Poche », trad. fr. par Denis-Armand Canal, 1992, p. 11. Voir aussi Gianni Vattimo, *La Fin de la modernité, nihilisme et herméneutique dans la culture postmoderne*, Paris, Seuil, trad. fr. par Charles Alunni, 1987.

philosophe américain un tantinet trop obsédé par les boîtes de Brillo signées Warhol, avaient précédé la mise en bière de leurs extrêmes-onctions. « C'était un moment – je dirais c'était le moment – où la liberté artistique complète était devenue réelle [...]. Tout était permis puisque rien n'était plus prescrit par l'histoire. J'appelle cela la période posthistorique de l'art, et il n'existe pas de raison pour qu'elle prenne fin un jour[1]. » Il suffisait de sniffer l'époque pour s'en rendre compte ; les redites, les citations, et cette impression grandissante d'un monde tournant sur lui-même. L'art s'était attaché à se rapprocher de la vie. Il avait consacré la banalité, abolit tous les critères esthétiques classiques. Il avait dans le même mouvement anéanti la possibilité de critiquer la norme ; « si rien n'est vrai, tout est permis », avait écrit Dostoïevski dans *Les Frères Karamazov*. Et si tout est permis, rien ne peut plus être transgressé. Voilà comment *l'esprit des fins* a contribué à notre enfermement. Par la chute d'un mur et la consécration d'un urinoir. Fin de

1. Arthur Danto, *Après la fin de l'art*, Paris, Seuil, trad. fr. par Claude Hary-Schaeffer, 1996, p. 24. Le texte de Belting date de 1983. Il a un point d'interrogation dans sa terminaison, comme celui de Fukuyama : « L'histoire de l'art est-elle finie ? ». Celui de Danto, publié l'année d'après, est formulé de façon définitive : « La fin de l'art ».

l'art et fin de l'Histoire. Extension du domaine de la liberté et absorption de la banalité.

Au début des années 90, ce chant du cygne a contaminé tout le réel et tué du même coup nos imaginaires. De ce meurtre, Jean-Paul Curnier, un essayiste français dont j'aime l'écriture intuitive, a tenu la chronique : « Ce temps aura été celui de la décomposition. Et le sentiment confus d'un achèvement sans lendemain qui hante les démocraties occidentales fait écho au mouvement général. En toutes choses, il n'est question que de la fin. Fin des utopies, fin du politique, fin du sens, fin du féminisme, de la libération sexuelle, du plein emploi, de l'âge d'or, fin du communisme, fin de l'Histoire, et pour finir, fin de la modernité elle-même. » La première édition d'*Aggravation* a été publiée en 1996. Jean-Paul Curnier en avait commencé l'écriture l'année des pendentifs et du T-shirt. Il était de plus de dix ans mon aîné. Il avait donc suivi chaque étape de cette gigantesque veillée dont nous avons dû assumer l'héritage. Nous étions veuves et veufs avant d'avoir été marié(e)s. Notre futur était allongé entre deux chandeliers. Autour, des milliers de pleureuses débitaient leurs opinions comme des sanglots. Avant même que nous ayons pu émettre le moindre désir d'être au monde, les porteurs coulissaient le cercueil de notre devenir dans la fosse commune. Sans avoir vu son visage, nous avons vu le défilé des jeteurs de terre. Sans avoir entendu sa voix, nous avons assisté aux chants d'adieu. Fermeture du caveau. La cérémonie est terminée. Rentrez chez vous ! Allumez la télé ! Faites quelque chose ! N'y pensez plus. La volonté de l'Homme est une foutaise, un beau mensonge. Occupez-vous seulement d'être avides et cupides et stupides.

Alors que nous jouions encore à la marelle, essayistes, politologues, chroniqueurs, critiques se relayaient chacun pour valider ou invalider *l'esprit des fins*. Le débat se résumait à une guerre rhétorique entre deux attitudes : l'une, conservatrice, qui se félicitait de la clôture du monde. L'autre, progressiste, qui cherchait un salut dans la déconstruction. D'un côté, la fin de l'art, la fin des frontières, la fin de la souveraineté, la fin du politique. Cela tombait bien, car même la fin du siècle approchait. De l'autre, l'after-punk, le postrock, le postnational, et bien d'autres néologismes faibles par lesquels on entretenait l'illusion d'un après. La réalité ne savait plus opposer à elle-même qu'un préfixe [1]. Pour conjurer le temps cyclique, l'esprit cher-

---

1. Le combat entre *tenants des fins* et *partisans des post* n'est pas terminé. Je dirais simplement qu'il recule. La nouvelle contestation tend à y mettre un terme en déplaçant le champ de bataille. La déconstruction critique est déclassée au profit de l'action directe.

chait à préserver son avenir dans des nuances de gris. La petite nouveauté se substituait en toute chose à la grande. Modulations infimes, mais avec plus de beats et plus de basses et plus de rien. La petite nouveauté ! Pour que l'on continue à se rendre chez les disquaires, et chez les kiosquiers, et chez les épiciers, et chez les libraires. Post, post, post, after, after, after, new, new, new, néo-, néo-, néo-. Tous ces préfixes étaient répétés avec l'ardeur incantatoire de la sorcellerie. C'était un effort louable mais vain. Totalement vain. Même par temps de brume, la démocratie et le marché restaient le cadre indépassable de nos oscillations. Voilà pourquoi nous, les enfants de cet enterrement, nous voulons aujourd'hui « en finir avec la fin ».

COCKTAILS D'ADIEU

Comme souvent, les enterrements sont l'occasion des ressouvenirs – Ah, comme il était ci... et comme il était ça... Oui, c'était un soir d'hiver, il avait l'air tellement heureux, eh bien, que voulez-vous, il nous a quittés, il n'aura pas souffert... Nous étions contraints d'assister aux discours, aux anecdotes lénifiantes, aux sourires convenus des cocktails d'adieu. Nous aurions préféré courir hors de la tente blanc cassé que le monde entier avait dressée pour les derniers hommages. Nous savions que dehors une petite fille en socquettes, plus haute que nous, mignonne, brunette et sautillante, jouait à l'élastique. Hélas, nous devions rester là, dans les jambes de papa, de maman, du grand-père, des cousins, les épaules ennuyées, battues, devant le long défilé de mémoires sur le podium, plus loin, une main au microphone et l'autre tremblante.

Les paroles des très vieux, ceux qui avaient traversé la Seconde Guerre et l'après-Seconde Guerre, étaient les plus infâmes. Au nom de leurs morts, de leurs tueries, de leurs collaborations ou de leurs résistances, ils défendaient le commerce avant tout ; le commerce pour apaiser les mœurs, le commerce pour se réconcilier après l'ignoble boucherie, le libre-échange pour s'aimer. Les discours des moins vieux, ceux de nos parents, étaient tristes et désabusés. Ils avaient rêvé d'une révolution. Ils ne portaient plus que des désillusions. Ce n'était pas une simple affaire de famille. Les deux mémoires, celle de la guerre et celle de 68, nous ont été transmises collectivement et avec insistance à travers le procès interminable des temps qui les ont vues naître. Il y avait d'un côté le sinistre cortège des coupables – Barbie, Papon, les pinaillages indignes autour du nombre des exterminés, et ce devoir de mémoire rappelé chaque jour comme pour empêcher l'avenir. De l'autre, il nous a fallu assister aux règlements de comptes de l'extrême gauche, aux faux procès de la libération sexuelle, à cette rouge nostalgie exhibée sans pudeur qui s'arrangeait si bien des nouveaux thèmes à la mode : l'esprit d'entreprise, la sécurité et l'autorité de l'État. Ce double déballage a réduit l'humanité à la figure d'un médecin légiste qui identifie et classe des cadavres : à qui les cadavres monstrueux du nazisme, à qui le corps décomposé de Marx, à qui le socialisme, 1917, 1936, 1968 ? Ces cadavres par millions obstruaient notre ligne de vie tandis que les vieux se plaisaient à se les envoyer au visage comme des volants de badminton. Ils ne nous laissaient de choix qu'entre la culpabilité de la barbarie et le désenchantement de la révolution.

La première mémoire, la plus lointaine, s'est forgée à la Libération. La civilisation occidentale venait d'orchestrer son deuxième suicide. L'horreur politique était atteinte. Et tandis que certains, comme Primo Levi, restaient fidèles à cette pure interrogation – comment continuer à vivre à l'intérieur d'une humanité qui avait accueilli l'enfer avec autant de bienveillance ? –, d'autres se remettaient au travail. Il fallait à tout prix contenir le monstre. Non, vraiment, il ne fallait pas que ça recommence un jour. Les espoirs que l'on a alors placés dans un système économique qui préviendrait les guerres par le libre-échange étaient immenses.

Mais depuis ce temps, la mémoire de guerre a glissé. L'ordre économique pour la paix est devenu un ordre pour l'oppression. Faut-il rappeler que plus d'un tiers de l'humanité vit avec moins de deux dollars par jour ? La question n'est donc pas : l'ordre économique doit-il être plus juste ? – qui appelle une réponse évidente –, mais : pourquoi est-il si difficile de le critiquer ? C'est que cette mémoire nous hante. Elle nous *terrorise* : « La liberté du commerce ou la guerre, il faut choisir, nous commande-t-elle. Regardez, pour preuve, ce qui s'est passé dans les années 30. Le protectionnisme. Le nationalisme. Les escalades militaires. Et l'horreur au bout, toujours l'horreur, assistée du devoir de mémoire. Souvenez-vous que l'ouverture des marchés et les échanges commerciaux sont des Tables de paix. » La mémoire s'insinue dans le présent de mille manières. Elle dirige nos corps, nos gestes et nos esprits de façon si imperceptible que je doute parfois qu'il puisse exister une pensée détachée du souvenir. L'ordre économique actuel est piloté par la mémoire de guerre. Il en est imbibé jusqu'à la moelle. Le passé de l'horreur s'est mué en une transpiration intime, infiniment présente. Nous le suons et nous puons tous la culpabilité de cette barbarie.

Tout au long des années 80 et 90, la mémoire de guerre a renforcé l'enfermement. Je me souviens des débats sur le traité de Maastricht. Les discours interminables, et ce vote qu'on a cru un instant pouvoir basculer dans le NON. Je me rappelle aussi comment le président Mitterrand avait *vendu* ce marché si unique. C'était *ça* ou la guerre. Le libéralisme ou la déflagration. Il fallait dire oui à la marchandise pour dire non à la barbarie. Les contraintes budgétaires servaient à prévenir le retour de la grande Allemagne. Elles éviteraient que, à l'avenir, ne s'affirme un désir identique de domination. J'écoutais le triste refrain des journaux télévisés : 3 % de déficit public, 30 % de dette publique, 2 % d'inflation. Les critères de convergence assombrissaient plus encore l'horizon des fins. On pouvait bien gueuler contre les symboles du pouvoir, répéter devant les balcons des ministères que l'assainissement des finances est un langage de mort, on marchait droit. Le corps et l'esprit devaient respecter les marges de fluctuation. Ne pas trop dévier. Se contenir dans un monde sans Histoire. Ne pas trop broncher. Retenir la leçon des générations précédentes. Pour le reste, on serait libre. Libre d'être un homme ou une femme, hybridé ou naturel. Libre d'écouter des chants napolitains ou du rap celtique. Libre... pourvu que l'on respecte les critères de convergence. Une musique chasse l'autre. Il y avait eu celle des otages français détenus au Liban dans les années 80 ; 245, 246, 247, 248... jours pour Marcel Carton, Marcel Fontaine, Jean-Paul

Kauffmann. Désormais, le *sound of the time*, c'était tous les soirs à 20 heures, l'impuissance vous parle, l'abdication vous commande, le désespoir vous instruit. 3,7 % de déficit aujourd'hui. 3,6 %, 3,5 %, 3,4 %. Et ça jusqu'au bout, jusqu'à ce qu'on soit enfin réuni par la devise commune... Le souvenir nous faisait chanter en chœur : mieux vaut la paix et le grand marché que la réapparition du monstre sur le Vieux Continent[1].

Nous n'avions pas même commencé de nous soigner de cette mémoire que déjà l'autre, celle de 68, nous prenait à la gorge. La veillée se poursuivait. Les désillusions des années 70 vouaient l'esprit des années 90 à la désespérance. Les slogans hérités de cette époque sonnaient comme des parodies : soyez réalistes, ne demandez plus rien. Sous les pavés, le plagiat. Cesse de courir, le vieux monde est aussi devant toi... Les contestataires qui approchaient de la cinquantaine mettaient toutes les ressources de leur intelligence au service de la soumission. Ils concluaient des arrangements avec le réel. Plus

1. Il faut l'entendre, cette mémoire, l'observer attentivement : comment elle ressurgit par intermittence, se métamorphose, change de langue et passe de bouche en bouche, parfois pour nous rappeler à l'ordre contre le surgissement de la haine et parfois pour nous tromper. On l'invoque justement contre la poussée des partis d'extrême droite cependant qu'on la détourne pour criminaliser l'opposition au libéralisme.

l'esprit de 1968 se jugeait, plus il offrait d'arguments à l'abdication. « Nous avons cédé. Le confort du pouvoir et de l'argent a fini par convaincre. Vous aussi, vous verrez. Personne ne résiste bien longtemps à l'ordre économique mondial », suggérait-il.

L'intensité de cette désillusion était proportionnelle à la réussite sociale des cheveux longs. En Amérique latine, ils jouissaient encore d'une belle candeur. Un peu comme James Dean ou Jimi Hendrix. La mort précoce leur avait évité de ternir. En Argentine, les *hijos* – les fils des disparus – reprenaient la lutte là où elle s'était arrêtée... dans les eaux boueuses du Rio de la Plata, là où la junte militaire avait jeté les corps de leurs père et mère. Ils n'avaient pas de tombes sur lesquelles cracher. Ils ne pouvaient contempler que des photos en noir et blanc admirables sur lesquelles leurs parents avaient un âge identique au leur. Idem au Chili, en Uruguay... Il suffisait aux cheveux longs d'avoir été crevés dans la fleur de l'âge pour ressurgir intacts. Les enfants de ces morts n'avaient pas vu les ventres s'épaissir. Ils avaient échappé au destin de la révolution en pourpre rouge. Ils n'avaient pas eu à reconstruire leur identité sur un avachissement, mais sur une absence.

En Europe, Jim Morrison approchait de la cinquantaine. Il *bedonnait* doucement. Tranquillement. Les cheveux longs avaient eu le temps d'exercer leurs magistères avant de redécouvrir sur le tard que leur hédonisme insurgé ne s'accordait pas avec le film du dimanche soir, les enfants qui déconnent et qu'on envoie dans les lycées privés, la fille qui découche à quatorze ans et revient au matin avec des odeurs de shit dans son sac et du sperme sur le visage. Je me souviens de l'anniversaire. Les trente ans. 68-98. Des cahiers spéciaux, des émissions spéciales, des flashs spéciaux avec tous les acteurs devenus spécialistes qui se rappelaient la belle époque de leurs hormones, quand les veines sont pleines et que l'acné vous pousse aux barricades. Vive l'acné ! Vive les hormones ! On devrait se garder de célébrer. Ça nous éviterait de contempler l'abîme qui nous sépare de l'idéal et les idéaux dans l'abîme, bien au fond, en purée : Dany le Rouge devenu rébarbatif gloseur, bouffi, aussi ennuyeux qu'Elvis à l'orée de la mort et qui s'accroche à une vague motte de terre avec plante verte pour ne pas tomber tout au fond, dans la purée. Serge, l'ancien éditorialiste inspiré devenu rat des plateaux télé, commentateur monomaniaque d'une république de vautrés qui se retient à de fragiles pitons pour tenir la colonne. Bernard, le docteur survolté, plutôt encourageant, en surplomb au-dessus du vide. Que font-ils encore là... tous ? Pourquoi ont-ils persévéré dans leur assèchement ? Lorsqu'on n'a plus d'inspiration, il faudrait cesser d'inspirer... ou bien disparaître pour aller ailleurs, là où il y a de la vie, des passions, du sang. Se ressourcer dans l'art, auprès d'une femme plus jeune, à une eau vive, mais là ! Dans l'arène, avec les loups... Pourquoi perdre son temps quand on n'a plus rien à dire, quand on a cessé de croire et que les renoncements se prennent pour seul objet d'étude ? Et que dire de l'autre culpabilité rouge, celle des brigadistes italiens, celle de la Bande à Baader, celle de l'Armée rouge japonaise. Elle ne nous bloquait pas en exhibant sa *bedonnance*, mais elle donnait à toute la contestation le goût du repentir et de l'excuse. Les taches de sang étaient trop fraîches. La violence des groupes d'extrême gauche s'était révélée trop inutile. Nous devions inventer autre chose. Par-delà les fins, contre les éloges funèbres, les avachis et les sanguinaires [1]. La voie n'était pas large entre la molle compromission et la violence réelle.

Au printemps 2001, la revue *Lignes* a consacré un numéro au « désir de révolution ». Presque deux ans après les manifestations de Seattle, on aurait pu s'attendre à un sursaut. *Niente*, *nada*, rien. Dans son petit billet, Jean

1. En Italie, les stratégies des tuniques blanches sont directement issues de cette réflexion : comment construire une contestation radicale sans violence réelle ? Ce sont sur les cendres des dérives terroristes de l'extrême gauche que se sont imposées la désobéissance civile et l'action directe non violente.

Baudrillard avait évacué la question comme on vide les ordures : « Les concepts de désir et de révolution se sont, à partir des années 60 et 70, désamorcés, neutralisés, exterminés l'un l'autre par leur confusion sous le signe de la libération. » Jean-Paul Dollé avait répondu de façon péremptoire : « Aujourd'hui la question de la révolution est tranchée. Elle est impossible, car le capitalisme a totalement triomphé, ne laissant aucune partie du monde exempte de sa domination. » Enfin, Edgar Morin, presque lyrique : « La révolution est un mot que j'ai abandonné. Tout d'abord, on l'a mythifié, croyant qu'il apporterait toutes solutions aux problèmes fondamentaux de l'humanité. Ensuite, il a été souillé, défiguré, trahi et, comme le disait Karl Korsch dès 1932, il est devenu à la fois utopique et réactionnaire. » La bougie était soufflée. La veillée touchait à sa fin. Il est si rare que les vieillissants s'occupent à autre chose qu'à juger leurs erreurs. Ils avaient passé un tiers de leur vie à préparer la révolution, un autre tiers à la trahir. Ils consacraient le dernier à s'expliquer leur trahison. On devrait toujours mourir sans avoir eu le temps de demander pardon. Rien n'est plus laid que ce retournement de l'esprit qui, pour s'amender, confesse ses désirs passés. Ce n'est pas le désir qui est coupable. À l'état de désir, la révolution n'a jamais tué personne. Pourquoi alors se flageller ? L'esprit de 68 n'a pas fauté. Seul s'en excuser est une faute ; une faute lamentable que nous autres, enfants du double effondrement, nous portons comme une tache ; à cause de Lénine, au nom des marins de Cronstadt, pour éviter les polices politiques, les millions de koulaks, les Tatars de Crimée, les Ouïgours, les épurés, l'autre monstre Staline, la Sibérie, la dérive de la Bande à Baader, la folie de Shigenobu, les illuminés de l'Armée rouge japonaise.

Depuis que s'instruit le procès de la révolution, du XXe congrès du PCUS à l'ouverture des archives de l'ex-URSS, du procès des Brigades rouges italiennes à celui de la libération sexuelle, l'idée même de contestation est devenue suspecte. Et c'est une fois encore contre cette suspicion qu'il nous a fallu apprendre à vivre.

La mémoire de l'après-guerre et celle de 68 auront été de bien fidèles servantes de l'ordre. La première lui a donné une morale en associant le libre-échange et la paix. La seconde l'a protégé en exposant ses désillusions. Elles y sont parvenues mieux que des légions en armes. Elles ont squatté l'épicentre de notre conscience : « Souvenez-vous toujours, ont-elles répété, que le plus simple geste de révolte contient en son point extrême la possibilité d'un charnier. Ne bougez pas. Au nom du souvenir, restez tranquilles. Suivez le chemin des derniers hommes. » Non pas ceux de Nietzsche. Ceux de Fukuyama, « des hommes sans courage, entièrement faits de désir et de raison, habiles à trouver de nouvelles manières de satisfaire un essaim de passions mesquines grâce au calcul de l'intérêt égoïste à long terme[1] ». Oubliez la politique ! C'est un lieu sale peuplé de gens sales qui finissent, pour la plupart, salis au tribunal de l'Histoire. Occupez votre temps libre à méditer l'horreur et l'échec des passions de vos pères. Si tant est que vous souhaitiez encore prendre part au monde au-delà de l'achat d'un téléviseur, travaillez au moins à défendre l'ordre qui nous évite le surgissement du passé. Voilà ce que nous avons eu en guise de corn flakes.

J'ai appris que l'on comptait deux âges du pouvoir à l'ère moderne : le pouvoir de droit divin, auquel étaient attachées les monarchies européennes, et le pouvoir de droit naturel, qui a consacré les peuples comme unique souverain. La Révolution française a été le moment historique de ce passage. La décapitation de Louis XVI, son acte symbolique. À la faveur de la Seconde Guerre mondiale, un autre principe est né qui amorce un troisième âge du pouvoir. Il n'est ni divin, ni populaire. Il fonde sa légitimité sur la mémoire... La mémoire absolue de

1. Francis Fukuyama, *La Fin de l'Histoire*, *op. cit.*, p. 23.

l'horreur absolue. Son principe dit : l'ordre économique mondial est légitime, car il garantit la paix par le libre-échange. Les contestations doivent être combattues, car elles contiennent en germe le risque du repli sur soi, des nationalismes et de la barbarie. Son corollaire : peu importe que le peuple soit pour ou contre. L'ordre économique conserve la mémoire. C'est ainsi qu'à la suite de la légitimité démocratique qui a conduit à la décapitation du roi, la légitimité mnémonique est parvenue à décapiter les peuples.

Nous sommes sortis de l'âge démocratique. Un jour, il faudra s'y résoudre. Ce fut un moment. Un joli moment. Mais il est temps de tourner la page. À cette seule condition, la contestation actuelle cessera de pleurer l'État-nation comme une veuve sicilienne. Faisons notre deuil et passons notre chemin. Il convient de s'attaquer au principe du pouvoir, pas à son alibi : laissons la démocratie là où la légitimité mnémonique l'a laissée. Dans l'abîme, en purée, avec les autres cadavres. « Il n'y a pas de devoir de mémoire, entend-on dans *Éloge de l'amour,* le film de Jean-Luc Godard, il n'y a qu'un droit à l'oubli. » J'ai aimé cette phrase. Elle m'a offert une issue, hors de l'enfermement. Puisque le devoir de mémoire s'est mué en force de l'ordre, la révolte doit passer par l'oubli. « Je ne veux pas me souvenir, je croirais ce faisant empêcher l'avenir et faire empiéter le passé », écrivait André Gide dans les premières pages de *L'Immoraliste*. Cette phrase aussi, je l'ai aimée. Elle m'a aidé à renverser l'obligation inventée par les vieillissants pour brider l'agitation. Hélas, la mémoire a atteint une telle complétude, elle est devenue si institutionnelle qu'elle ne tolère aucune remise en cause ; imaginez un instant quelle déferlante d'insultes auraient à essuyer un homme ou une femme inconnus qui, ouvertement, demanderaient la reconnaissance d'un droit à l'oubli. Ils se retrouveraient aussitôt sur le banc honteux des révisionnistes, accusés à tort de vouloir nier le monstre. Jean-Luc Godard l'a osé, au risque de ne pas être compris. Il n'a simplement pas été entendu. Lorsque le souvenir collectivement construit se met au service d'un ordre injuste, alors le droit de l'oublier devient un acte de résistance légitime.

DEBORD, IL FAISAIT FROID...

La troisième pierre du nouvel enfermement a été livrée sous une étiquette trompeuse. Cette pierre, c'est la critique du spectacle. Je dis *trompeuse* car, après l'échec des révolutions, le repentir de l'extrême gauche, la ruse de la mémoire, je croyais avoir trouvé chez les situationnistes la seule stratégie subversive restante. Je me suis trompé. Quelques mois s'étaient écoulés depuis la chute du Mur de Berlin. La démocratie de marché confirmait son complet monopole sur le destin. Les agences de voyages confondaient l'ailleurs et l'exotisme. L'image poursuivait son œuvre de mise à distance du monde. Elle déréalisait le passé, le présent et l'avenir, sans distinction. « Bientôt, rien ne serait plus palpable », me confiait chaque matin un clochard céleste sur le chemin de l'école. Je cherchais avec toute l'ardeur de l'adolescence une fenêtre qui, par mégarde, serait demeurée ouverte et par laquelle respirer un peu. J'étais entré par hasard dans une librairie de la rue Gît-le-Cœur, à Paris. La boutique portait un nom joliment désuet : *Le Regard moderne*[1]. On la voyait à peine au milieu des marchands de kebabs et des vendeurs de fripes. On pouvait difficilement s'y mouvoir tant l'espace était plein. À droite, des comics américains, des mangas, des livres de photos, à gauche, des essais politiques séditieux, des anthologies dissidentes, au centre, un tas démesuré d'objets littéraires non identifiés. Il y avait dans l'air un parfum rafraîchissant de vieilles censures. Il faut se bâtir des interdits imaginaires pour ressentir les plaisirs de l'affranchis-

---

1. Nom emprunté à la revue punk du début des années 80 éditée par Bazooka.

sement, et *Le Regard moderne* s'y prêtait. Là, les pornographes étaient anarchistes, les insurgés fumaient de l'opium, Isodor Isou s'invitait au festin nu, Johnny Rotten crachait à la gueule de Breton, Artaud tremblait de sentir ses organes léchés par d'incandescentes lesbiennes, des moines hérétiques rotaient en compagnie de Pasolini. Greil Marcus n'avait pas encore traduit *Lipstick Traces*, son histoire subjective de la contreculture, que toutes ses correspondances apparaissaient déjà dans le foutoir de ces étagères. La nuit était tombée quand j'en suis ressorti. Dehors, il faisait froid. J'avais noté beaucoup de noms aux sonorités encore magiques. Celui de Guy Debord trônait au sommet de la liste. Il ne fallut pas longtemps avant que ses idées ne s'écornent et que la magie ne disparaisse. Le situationnisme, comme les pierres du Mur de Berlin, ferait bientôt d'excellents pendentifs.

Au fur et à mesure que je découvrais ses ordonnances, sa capacité de nuisance déclinait. Des salons mondains aux manifestations de rue, on s'y abreuvait tel à une étable. Les journalistes s'en inspiraient pour leurs chroniques télé. Les artistes y puisaient la force d'être encore dérangeants. Les médiactivistes américains s'en servaient pour détourner les grandes icônes commerciales [1]. Indistinctement, les stratèges

1. Voir les graphistes canadiens inspirés et puritains d'*Adbusters*, magazine usant à outrance du détournement publicitaire.

de la publicité et les chefs d'entreprise en usaient pour rajeunir leur image. Le situationnisme devenait le socle idéologique de la société de l'information. Il autorisait l'ascension des contestataires ; comme hier, l'école républicaine, comme l'humanisme au XVIe siècle qui offrait aux peintres la possibilité d'être aussi philosophes et mathématiciens, comme les Lumières au XVIIIe, comme l'existentialisme à la Libération. Il permettait de passer de l'art à la critique d'art, de la publicité à la télévision, de la musique underground à l'Internationale pâtissière, de la contre-culture au *consulting*. Il était ainsi vidé de son potentiel critique et transformé lui-même en capital intellectuel pour la production de spectacle : petite trousse à outils du citoyen audiovisuel et guide pratique de la subversion chic et mondaine. En lisant les dernières lignes de la préface à l'édition de poche de *La Société du spectacle*, signée le 30 juin 1992, je m'étais surpris à sourire :

> « Il faut lire ce livre en considérant qu'il a été sciemment écrit dans l'intention de nuire à la société spectaculaire. »

La nuisance dont parlait Debord se renversait sous mes yeux en une possibilité de jouissance. La démocratisation du situationnisme créait la dernière situation où la critique du spectacle était d'emblée conçue comme spectacle critique, où le décalage, la subversion étaient les nouveaux standards – l'une des filiales d'Endemol, le producteur de « Loft Story », s'appelle La Société du spectacle. Le détournement ne servait plus ni la révolte ni la résistance. Il constituait un simple savoir-faire pris en compte par les départements en ressources humaines. Les artistes pouvaient bien le renommer, dire qu'il était obsolète, choisir un terme plus savant tel que *décontextualisation*. Les contestataires pouvaient chercher une alternative au détournement en se revendiquant du *culture jamming* – une intervention consistant à renverser le sens d'une publicité. Les concepteurs-rédacteurs des agences de publicité pouvaient également lui substituer le concept de *disruption* [1] et les journalistes parler de contenu *décalé*. Les raisonnements qui présidaient à la définition de l'œuvre d'art, au commerce, à la production de spectacle et à leur contestation, fusionnaient en UN ultime détournement du détournement du détournement du détournement du détournement du détournement du détournement.

Pendant de longues années, les écrits *situs* avaient joui d'un statut semi-clandestin. On les trouvait dans des arrière-boutiques. Les éditions

1. Voir Jean-Marie Dru, fondateur de l'agence de publicité BDDP, auteur de *Disruption, Overturning Conventions and Shaking Up the Marketplace*, John Wiley & Sons, 1996.

étaient rares. La poignée de compagnons alcooliques que formait l'IS n'était jamais évoquée sans une dose de paranoïa. « Un concours de circonstances a marqué presque tout ce que j'ai fait d'une certaine allure de conspiration », écrivait Guy Debord dans le tome I de *Panégyrique*. Déjà, dans le *Nouvel Observateur* du 22 mai 1972, il était présenté sous un jour de complot : « L'auteur de *La Société du spectacle* est toujours apparu comme la tête discrète mais incontestable [...] au centre de la constellation changeante des brillants conjurés subversifs de l'IS, une sorte de joueur d'échecs froid, conduisant avec rigueur [...] la partie dont il a prévu chaque coup[1]. » Aux États-Unis, en Angleterre, en Italie, aux Pays-Bas et même en France, les textes des conjurés n'avaient pas dépassé quelques cercles étroits d'initiés. Le printemps de 68 avait bien connu une *mode situ*, et le port d'Amsterdam une *mode provo...* On avait eu le temps d'oublier. Debord avait préféré se taire. Par élitisme. Pour ne pas se trahir. Pour picoler, surtout. Pendant presque vingt ans, il avait vécu sans apparaître ailleurs que dans des bars anodins.

C'est entre la publication des *Commentaires sur la société du spectacle,* en 1988, et le 30 novembre 1994 en fin d'après-midi, lorsque

1. Cité *in* Guy Debord, *Panégyrique*, Paris, Gallimard, 1993, t. I, p. 62.

Debord s'est tiré un coup de carabine en plein cœur, que ses idées ont été reconnues par les Institutions. En 1989, une grande rétrospective « Sur le passage de quelques personnes à travers une assez courte unité de temps : à propos de l'Internationale situationniste 1957-1972 » voyage de Paris à Londres, du centre Georges-Pompidou à l'ICA – Institut d'art contemporain. Le 20 octobre de la même année, *Le Monde des livres* titre : « Debord, vous connaissez ? » Philippe Sollers, plus réputé pour son élégance amusée que pour ses activités insurrectionnelles, vient juste de le découvrir. À la une du supplément littéraire, il rédige un éloge comme une excuse de l'avoir si longtemps ignoré : « Mais je veux quand même vous parler d'un livre dont personne ne parlera, ou à peine ; d'un livre aussi destructeur et invisible en plein jour que *La Lettre volée* d'Edgar Poe ; d'un livre qui dit la vérité dont personne ne veut, coup d'épingle dans l'énorme baudruche des échanges [...]. Il faudrait bien des pages pour décrire les activités clandestines de Guy Debord, écrivain français dont quelques amateurs savent qu'il est, de loin, le penseur le plus original et le plus radical de notre temps. » Radical ? Avec sa consécration, Debord cessait de l'être. Subversif ? Il ne l'était plus que pour lui-même [1].

---

1. Deux ans plus tard, à l'automne 1991, Debord décide de confier son œuvre à Gallimard. En 1992, *La*

L'esprit du temps avait besoin de Debord. Puisque tout n'était plus qu'UN, contenu, englobé dans un même système et promis à un même avenir, la pensée se devait de sauver un simili de contradiction, ou bien mourir. La critique du spectacle fut sa bouée de sauvetage. Sans elle, le monde risquait d'être pris dans le vertige de sa seule évidence. Des siècles de dialogues, de débats, de luttes allaient être réduits en poussière par la puissance du grand sophisme : il n'existe que deux modes de gestion politique, économique et sociale : le communisme et le capitalisme. Le communisme est mort. Donc, le capitalisme est le seul mode de gestion politique, économique et social. Les écrits de Debord étaient un parfait refuge ; un salon douillet d'où l'on pouvait critiquer le monde en fumant des cigares Toscani. « Aujourd'hui, confiait encore Sollers au journal *L'Humanité* en 1992, avec le trou noir créé par la disparition de l'Empire soviétique, je voudrais bien savoir où trouver, ailleurs que chez Debord, les concepts pour penser la nouvelle irréalité présentée comme seule réelle. »

On se raccrochait au situationnisme, sincèrement, car il enseignait l'art et la manière de survivre au grand engloutissement de la raison. Et puis, très vite, du plaisir est née de la détresse : on ne contestait plus le réel, mais son image.

Société du spectacle, Commentaires sur la société du spectacle sont réédités sous couverture blanche.

Beaucoup plus *fun*. On ne s'opposait plus à l'injustice, mais à l'exploitation spectaculaire de l'injustice. Beaucoup plus *hype*. On ne résistait plus au commerce, mais aux simulacres du commerce. Beaucoup plus *cool*. La critique sociale fusionnait avec la critique de cinéma dans une critique généralisée de la représentation. Puisque la réalité était donnée, seule le cadre était variable. Et le cadre, c'est chic, élégant. Soudain, la révolte fondée sur le réel devenait ennuyeuse et vulgaire. La séduction de l'image était trop forte. Avec Debord, nous étions potentiellement réalisateurs, chefs opérateurs, cadreurs, sémiologues, artistes, contestataires, cinéastes moqueurs et désabusés de nos propres existences. L'IS, la cinémathèque et la subversion fusionnaient... Quel bonheur ! L'intelligence se croyait sauvée parce qu'elle déconstruisait son propre regard. Elle ignorait, ce faisant, qu'elle se bouffait les yeux.

Par la critique du spectacle, l'esprit de la révolte s'est mué en dandysme moyen. La réalité a été mise à distance, et cette distanciation a charrié avec elle tout le potentiel de désinvolture que contenait l'époque. Il ne s'agissait plus d'un dandysme de combat, hors norme, qui trace librement des voies diagonales dans le pré carré de l'existence des autres, mais d'une désinvolture partagée, à la portée du plus grand nombre : un *dandysme de masse*. L'exacerbation des singularités dans la croyance d'un tout spectaculaire a construit un univers de singes aux cols relevés, aux allures hautaines, aux propos incorrects, provisoirement insurgés, mais profondément blasés. J'ai été l'un de ces singes. Oscar Wilde, lui, a souffert de la prison, de l'isolement. La bonne société anglaise, en le condamnant, a donné un sens à son outrance. C'est cela que j'appelle le dandysme de combat. Celui des années 90 n'était plus rattaché à la révolte que par un fil ténu ; un jeu de concordances qui relie la critique du spectacle, la pratique du détournement, la quête du décalage, et la mise à distance du réel. Je peux en témoigner, car j'ai moi-même sauté de l'un à l'autre. Je n'ai gagné au terme de ce voyage que l'accès à un club trop tolérant de gens cultivés, interlopes et désabusés. Les étapes ? Il m'est facile de les rappeler : au commencement était... l'esprit de la révolte tel que Camus l'a simplement défini : « Un homme qui dit non à un commandement de trop. » Viennent Fukuyama et la mémoire des générations précédentes, qui commandent à l'esprit d'abdiquer. Du passé resurgit Guy Debord. Avec lui, chacun négocie sa survie. La révolte entre dans son âge visuel, esthétique, plastique. Elle remplace la contestation du réel par une critique de l'image. Un glissement s'opère. Le réel n'est plus considéré qu'en tant qu'art, l'insurrection qu'en tant qu'esthétique, la révolte qu'en tant que posture et l'injustice qu'en tant que spectacle. Ceux qui ont grandi avec, dans le sang, quelque chose comme de la passion adoptent alors les préceptes du dandysme sans conséquence où la posture est tout et la révolte n'est plus rien.

Sans doute est-ce la lucidité de Debord, ou son désespoir, mais il avait prévu cette issue. Il faut le relire pour s'en rendre compte, écouter sa prose en forme de miroir, cette boucle définitivement fermée où chaque *thèse* resserre plus encore le huis clos qui se joue entre le capital et l'homme. Ce n'est pas une théorie, c'est une musique répétitive. Thèse 42 : « Le spectacle est le moment où la marchandise est parvenue à l'occupation totale de la vie sociale. » Chercheriez-vous refuge loin des grandes métropoles, vous êtes aussitôt découragés. Thèse 57 : « La société du spectacle ne domine pas seulement par son hégémonie économique les régions sous-développées. Elle les domine en tant que société du spectacle. »

Le situationnisme n'est pas une pensée de la contestation, mais un mode d'emploi pour la compromission. C'est à la page 35 de *Panégyrique* que j'en ai trouvé la clef. Debord écrit : « Une reine de France en colère rappelait un jour au plus séditieux de ses sujets : "Il y a de la révolte à s'imaginer que l'on puisse se révolter" [...] L'esprit tournoie de toutes parts et il revient sur lui-même par de longs circuits. Toutes les révolutions entrent dans l'histoire, et l'histoire n'en regorge point ; les fleuves des révolutions retournent d'où ils étaient sortis, pour couler encore. » 88, 89, 90, 91, 92, 93, 94... Les années de notre adolescence. Le moment où la colère d'une reine complétait le sonnet inachevé de Margaret Thatcher : « Il n'y a pas d'alternative. » En citant sa reine, Debord signait un tragique armistice : même la critique du spectacle reconnaissait sa défaite. La révolte avait perdu la bataille du réel. Le front qu'elle avait ouvert sur le terrain de l'image avait échoué. Un espoir, une tactique et un objectif de lutte s'effaçaient du même coup.

Je n'ai compris que récemment comment Debord a rejoint Fukuyama pour construire le socle de notre enfermement. Il ne sera pas aisé pour certains de les mettre tous les deux dans le même sac. L'un était ermite, alcoolique, et l'autre a participé à la définition de la politique étrangère américaine du temps de Reagan. Cependant, si l'existence les sépare, les conséquences de leur pensée sont identiques. Tous les deux ont décrit un même destin où la dialectique de l'Histoire était morte, absorbée ou inutile, contribuant également à notre désespoir et à notre abdication. Il faudrait d'ailleurs reconnaître une antériorité à Debord. Dès 1988, soit un an avant la publication de l'article sur « La fin de l'Histoire » de Fukuyama, il annonce dans *Commentaires sur la société du spectacle* la dernière absorption. Il écrit : « La précédente division mondiale des tâches spectaculaires entre les règnes rivaux du spectaculaire concentré [le centralisme démocratique] et du spectaculaire diffus [la démocratie libérale] avait désormais pris fin au profit de leur fusion dans la forme commune du spectaculaire intégré. » Le vocabulaire n'est pas aussi limpide que celui de Fukuyama. Debord se foutait pas mal d'être compris. Il se contentait d'avoir raison.

Et nous ? Qu'allions-nous devenir ? Nous suicider ou chercher un autre ailleurs que la mort ? Accepterions-nous un jour d'étaler notre révolte et notre indignation afin de les donner en spectacle ? Sans doute. Ça n'est pas grave. Le maquillage a du bon. On est plus beau avec. Il faut s'y résoudre. De gré ou de force. Plutôt de gré que de force, d'ailleurs, comme ça on vieillit sans ressentiment. On s'amuse un peu. On devient fréquentable. On JOUE LE JEU. Et puis il y a des arguments pour ne pas regretter. Celui-ci, par exemple : « Il faut bien être dans l'avion pour le détourner. » C'était l'une des phrases préférées d'un jeune écrivain à succès avant les attentats du 11 septembre 2001. Désormais, on le dira autrement : Parasite ! On accepte d'*en être*. On perturbe, voyez-vous ? La dialectique exige qu'il y ait un extérieur. Le Spectacle l'a transformé en un intérieur verni et policé. Au revoir, dialectique ! *So long*. Il ne reste que le parasitage, l'infiltration : nouvelle condition de la révolte à l'âge enfermé. On rentre dans le ventre de la bête. On s'accroche au côlon ou à l'intestin grêle et puis on la suce jusqu'à ce qu'elle tombe malade. En vérité, la bête tombe rarement malade. Elle est coriace. Mais ça n'est pas grave, car plus on la gratte de l'intérieur, plus on est promu. Ce que la bête ne tolère pas, au contraire, ce sont les clandestins, les réfractaires, les irrécupérables. Parfois, ils parviennent à l'ébranler, à lui inspirer de la crainte. Jamais au-delà...

DÉROBADE

La quatrième pierre du nouvel enfermement a organisé la disparition des deux pouvoirs : le politique et l'économique. Désormais, leurs représentants étaient... en voyage d'affaires ; comme papa, comme une femme adultère, et cela de telle manière qu'ils échappaient au contrôle. Ils étaient nomades, intouchables. Nous ne savions plus où adresser nos doléances. Ils oscillaient quelque part entre les traités internationaux, les grandes entreprises et les marchés financiers. « Je veux bien lancer des poubelles en feu, mais sur qui ? se demandait-on à la sortie des cours. Sur un retraité en Californie ou sur un punk anglais reconverti dans la spéculation ? » Les pouvoirs n'apparaissaient plus que sous la forme de risibles icônes. Ses sièges sociaux exhibaient des façades sans arrière-cour – Nike sous-traite l'essentiel de sa production pour se consacrer uniquement à l'immatériel, la marque et son image. Pour ressentir pleinement cette dissolution, il nous suffisait de rappeler un instant l'image du monde d'avant : par ici une censure ou un interdit. N'importe quoi tant qu'il existait encore quelques murs à abattre. Dans les années 60, sur les photos de Caron, aux alentours de la Sorbonne, le face-à-face était en chair et en os. La cible des manifestants était une superstructure cohérente faite d'idéologie et de béton. Désormais, les délégations du G8 se réfugiaient sur un bateau au large de Gênes pour ne pas se frotter à la foule. L'OMC se déportait au Qatar, pays inaccessible. Les organisateurs des futurs sommets envisageaient de s'en tenir à des rencontres dans le cyberespace. L'enfermement accompli était un univers de vitres sans tain où la puissance jouissait de la propriété des dieux : elle était impalpable, transcendante et omniprésente [1].

---

1. *« Qui est partout ? Qui est conscient ? Qui est puissant ? »* interrogeait un spot publicitaire d'IBM en 1998.

Tout au long de mon adolescence, j'ai assisté à cette dérobade. J'ai vu les têtes du pouvoir s'affaisser l'une après l'autre en une révérence interminable. Je comparais cela aux poupées russes. Chaque figurine renvoyait à une entité plus petite, toujours plus petite, à l'infini... C'était le sort réservé à quiconque tirait le fil des responsabilités. Une carte puis l'autre. Sans joker. Jusqu'à ce que le jeu s'épuise et laisse un trou béant. Le désespoir du début des années 90 puisait à cette béance. « La faute à qui ? » Cette question appelait une réponse vertigineuse. Un ouvrier licencié, un paysan exproprié, une région salie, une culture détruite... tout le potentiel de la révolte était pris *dans* ce vertige. Il ne restait qu'une chaîne de volontés autonomes amplifiées par des réseaux de machines. J'en ai pris toute la mesure lorsque j'ai interviewé le président du plus puissant fonds de pension du monde : Calpers, une institution chargée de placer l'épargne des fonctionnaires de l'État de Californie pour financer leur retraite. Bill Crist était un moustachu bourré de bonnes intentions. Ancien professeur d'économie, il parlait de son fonds comme s'il s'était agi d'une maison pour les pauvres. « J'ai un million de petits épar-

Les trois qualités du divin étaient revendiquées : l'omniprésence, l'omniscience, l'omnipotence. Cité *in* Thomas Frank, *One Market under God*, New York, Anchor Books, 2001.

gnants, disait-il, des fonctionnaires comme elle, par exemple – pointant son assistante du doigt, le genre instit' mal habillée –, qui comptent sur moi pour gérer leurs retraites. Je suis un ancien militant de la cause des droits civiques, un ancien syndicaliste. Mais j'ai compris que ça ne sert à rien de se battre à l'extérieur. C'est de l'intérieur même du capitalisme qu'il faut lutter. » À l'intérieur ! Le mot-clef de l'abdication revenait, et les maux d'estomac avec lui. Tout était dedans, rien n'était plus en dehors. Ce n'est pas moi qui le dis. C'est un ancien militant de la cause Black, un ancien syndicaliste, un homme qui avait désormais la charge de plus d'un milliard de dollars pour un million de petits fonctionnaires américains... « Que voulez-vous faire ? » avait-il ajouté. J'étais dans son bureau. Je lui ai demandé s'il était possible de visiter leur salle de marché. Nous avons traversé un long couloir. Bill Crist a ouvert une porte. C'était là ! Des ordinateurs, des courbes de valeurs. Dans les coins, suspendus, des téléviseurs diffusaient Bloomberg TV. Les opérateurs s'agitaient, achetaient, vendaient. Je travaillais alors à une fable sur l'économie globale intitulée *Une journée dans la vie d'un pneu*. C'était un genre d'exercice imposé ; vous suivez un produit de la matière première jusqu'à sa consommation finale et vous cherchez une issue. J'avais commencé mon voyage dans les plantations d'hévéa, au sud de la Thaïlande, là où était collecté le caoutchouc naturel. Les petits planteurs avaient désigné les intermédiaires chinois comme cause de leur pauvre sort. Les acheteurs chinois, eux, m'avaient expliqué qu'ils n'y pouvaient rien. C'était la faute des entreprises multinationales qui déprimaient les prix. Le ministre de l'Agriculture thaïlandais me l'avait lui-même confié. Il était impuissant. Je m'étais alors rendu à Akron, au siège de Goodyear pour interroger son président, un Égyptien sympathique du nom de Sam Gibara. Au cours de notre entretien, il n'avait eu de cesse de répéter que c'était le « marché » qui était responsable. « Il se trouve effectivement que les fonds de pension sont l'un des principaux acteurs de ce marché », avait-il ajouté. C'est ainsi que je m'étais retrouvé chez Calpers, en compagnie de Bill Crist, dans cette salle où l'argent investi appartenait à M. Tout-le-monde, autrement dit à personne. Le pouvoir ne se représentait plus sous la forme d'une pyramide. C'était une chaîne de sabliers ouverte au sommet et à la base sur la multitude des petits... Petits ouvriers de la terre d'un côté et médiocres épargnants de l'autre. Seule la misère changeait. Pour les retraités de Californie, une misère avec assistance, pavillon en banlieue de San Francisco, et la télévision branchée au choix : base-ball ou *american football*. Pour les planteurs au sud de la Thaïlande, le dénuement brut, aidés seulement par la coopérative locale, les mille arbres à saigner chaque jour, des micro-crédits et le chien qui aboie sur la route, devant la maison fragile... Une misère à la portée des intempéries. Entre ces deux extrêmes, les affaires, les câbles, la société de l'information et ses nœuds de commandement, les pouvoirs disséminés, une fortune par-ci, un patrimoine par-là ; bref, des cols où l'argent s'accumule avant de s'écouler ailleurs. À qui la faute, alors ? Au football américain, au chien qui aboie, aux intempéries, à la Thaïlande ou bien à San Francisco [1].

Pour me représenter cette dissolution, j'ai repris les vieux livres cornés de l'orateur chauve, le grand monsieur des corps insurgés, des déviants, des malades, des fous, des *queers* et des lesbiennes, celui à qui je dois d'être aussi charnellement curieux : Michel Foucault. À titre anecdotique, je dois avouer avoir longtemps cherché des lunettes identiques aux siennes.

---

1. À terme, l'extension du régime des fonds de pension anéantit la possibilité existentielle de critiquer le capitalisme. L'obligation fiscale de cotiser pour nos retraites fera de nous immanquablement des actionnaires, si bien que *l'extériorité au système* disparaîtra au profit d'une *intériorité définitive*. Quelles seront les conséquences psychologiques collectives de cette existence sans ailleurs que beaucoup souhaitent construire ? La révolte se retournera alors contre son auteur. La violence contre la marchandise prendra la forme d'une automutilation.

Elles paraissaient la juste synthèse de l'époque : épaisses et noires sur le dessus, trace d'un communisme devenu postiche, cerclées finement par le dessous, signe d'un monde happé par la structure. Hélas, le modèle n'avait plus cours. Pas assez tendance pour les opticiens, insuffisamment précieux pour les antiquaires, trop peu *funky* pour rejoindre les pendentifs et les T-shirts *situs* sur les marchés aux puces. Quand j'ai replongé *en* Foucault, lui aussi semblait dépassé. Il m'avait appris la première dissolution du pouvoir, celle qui irradiait les corps et l'esprit par ses institutions intermédiaires. Il m'avait indiqué que l'État ne pouvait plus être la cible de la révolte, que seul le jus de puissance qui en découlait était digne de critique. Il parlait des multiples contritions imposées à la chair, de tous les lieux secondaires de la discipline. Le domaine de la lutte s'était étendu aux sous-préfectures de l'État. La critique s'était emparée de l'école, de la psychiatrie, de la prison, de l'armée. Les avancées en termes de libération étaient demeurées bien maigres. Désormais, l'attention devait être portée ailleurs, au-dessus de nos têtes, dans ce non-lieu itinérant où désormais les pouvoirs rédigeaient leurs prescriptions.

Dans *Surveiller et Punir,* Foucault suggérait que l'évolution des techniques d'emprisonnement dévoilait les nouvelles pratiques du pouvoir. J'ai joué les bons élèves. Il avait fouillé le passé pour étudier les outils de torture, les citations des bourreaux, les punitions des rois, les chroniques des gazettes judiciaires. Il en était ressorti avec une forme magistrale, brillante, considérable qui devait servir pendant longtemps comme métaphore du pouvoir : le Panoptique, « [...] un bâtiment en anneau, au centre une tour ; celle-ci est percée de larges fenêtres qui ouvrent sur la façade intérieure de l'anneau ; le bâtiment périphérique est divisé en cellules dont chacune traverse toute l'épaisseur du bâtiment ; elles ont deux fenêtres, l'une vers l'intérieur correspondant aux fenêtres de la tour ; l'autre donnant sur l'extérieur, permet à la lumière de traverser la cellule de part en part. Il suffit alors de placer un surveillant dans la tour centrale, et dans chaque cellule d'enfermer un fou, un malade, un condamné, un ouvrier ou un écolier[1]. » De mon côté, j'ai modestement fouillé le présent. J'ai lu le rapport sur les prisons publié par l'Assemblée nationale en 1997. J'en ai extrait une forme pathétique et burlesque : *le bracelet électronique,* une nouvelle technique de peine substitutive à la prison. La dénomination seule était risible. *Bracelet électronique !* Comment elle associait le décoratif et la surveillance, l'orfèvrerie et le contrôle. On

1. Michel Foucault, *Surveiller et Punir*, Paris, Gallimard, 1975, p. 233.

aurait dit un vulgaire gadget marketing des pages conso-cyber. J'envisageais même de m'en acheter un pour frimer à la plage. Un certain Eric Lallement y était auditionné, « sous-directeur de l'organisation et du fonctionnement des services déconcentrés à la Direction de l'administration pénitentiaire ». Il prenait soin de rappeler que cette technique était déjà utilisée aux Pays-Bas, au Canada, aux États-Unis et en Angleterre. Il décrivait ainsi le dispositif :

« C'est un bracelet en plastique avec, à l'intérieur, une fibre optique. L'alarme se déclencherait automatiquement si la personne coupait ce bracelet. Il y a un boîtier à l'intérieur duquel se trouve un appareil qui émet régulièrement des ondes, d'une épaisseur d'environ trois fois la taille d'une montre [...] Ce n'est pas quelque chose d'esthétique [...] Le deuxième élément technique est l'appareil qui est placé au domicile de la personne ou au lieu où l'on veut suivre cette personne [...] Cet appareil est connecté à une liaison téléphonique. Il servira si la personne s'éloigne dans un rayon de cinquante mètres de cet appareil. C'est un appareil qui émet des fréquences, à raison d'une toutes les minutes environ. Une alerte se déclenche dès lors que la fréquence n'est plus reliée au bracelet parce que la personne s'est éloignée dans un rayon d'environ cinquante mètres, et se reporte précisément sur le troisième niveau technique, qui est le lieu où va être reçue l'alarme. [...] Enfin, le dernier élément est le centre de supervision [...] Ce lieu peut se situer à l'intérieur d'un établissement pénitentiaire, à l'intérieur d'un service pénitentiaire d'insertion et de probation, ou en tout autre lieu qu'il conviendra de déterminer[1]. »

Le bracelet électronique conserve deux des principes du Panoptique de Foucault : la dissymétrie qui permet au surveillant de voir sans jamais être vu. Et l'intériorisation de la contrainte par lequel le prisonnier « devient le principe de son propre assujettissement ». « Celui qui est soumis à un champ de visibilité, et qui le sait, reprend à son compte les contraintes du pouvoir ; il les fait jouer spontanément sur lui-même. » Par contre, le bracelet fait éclater le lieu de la relation. Plus de cellule, plus de bâtiment en anneau, plus de centre et de périphérie, un émetteur, un récepteur et des pôles nomades de surveillance. Il suffit d'élargir le rayon de la liberté. Dans ce cadre, nous pouvons aller, venir, désirer, jouir, nous révolter. Nous avons le droit de créer, d'imaginer, de rêver librement. Nous ne sommes nullement contraints, puisque la circonférence augmente chaque jour l'apparence de notre liberté. C'est ainsi qu'à l'image du bracelet

1. « La France face à ses prisons », *op. cit.*, p. 263.

électronique, la mise en apesanteur du pouvoir parachève une incarcération sans murs. Il n'y a qu'à lire la presse financière pour s'en rendre compte : « L'Argentine a été sanctionnée pour sa mauvaise gestion... » Dès qu'un pays sort de la circonférence, les centres délocalisés du pouvoir nomade se mettent à sonner. « Après des années de laisser-aller sur la dette, les investisseurs étrangers ont rappelé le gouvernement mexicain à l'ordre. » Les marchés financiers envoient des signes. Ils bipent. Ils lancent des décharges parfois inoffensives et parfois mortelles. Ils supervisent. Jour après jour, les indicateurs sont passés en revue – dette publique, déficit public, produit national brut et autres brutalités –, si bien que la liberté des peuples est magnifiquement anéantie – à l'image des prisonniers volontaires du bracelet électronique – au profit d'une apparence de liberté, une circonférence autorisée.

UNE SAUTERELLE SÉCHÉE

La cinquième pierre du nouvel enfermement est presque trop connue de ma génération pour la mentionner. Je veux parler de la *récupération*. Naturellement, le simple énoncé de ce mot est assez éloquent pour ceux qui ont comme moi cherché un exutoire dans la contre-culture. Pour cette raison, je n'en ferai pas l'historique. Je laisserai chacun libre de se souvenir : le rock'n' roll, Malcolm McLaren, le rap, les joues creusées des héroïnomanes dans les magazines de mode... En absorbant les marges, le capitalisme est parvenu à faire coïncider les expériences d'avant-garde, les revendications de l'*underground* et le discours de la marchandise. Les années qu'il a fallu au rock blanc pour piller l'héritage des Noirs américains se sont contractées. Désormais, toute la création est d'emblée conçue, comprise et acceptée comme une production culturelle à potentiel commercial. Dans *L'Art du chaos,* l'anarchiste américain Hakim Bey s'était élevé à la conscience de ce renversement : « On notera que toutes les expériences artistiques les plus avancées et les plus intenses ont été récupérées presque instantanément par les médias, et qu'ainsi elles sont devenues des déchets comme tant d'autres dans le monde fantomatique des marchandises [...] Tout ce qui est délicat et beau, du surréalisme au *breakdance*, finit par alimenter les spots publicitaires de l'Entreprise McDeath ; quinze minutes plus tard, toute la magie a été phagocytée et l'art est aussi mort qu'une sauterelle séchée... Où est la sortie ? »

Au cours des années 90, deux récupérations

ont achevé ce festin de charognards. Grâce à elles, le capitalisme s'est approprié pleinement l'esprit de la révolte. Il l'a installé en son cœur. En calquant la rhétorique de la « nouvelle économie » sur l'utopie communiste d'une société sans classes et en revendiquant le métissage comme norme esthétique, il a imposé ce que nous avons appelé, avec quelques amis, « l'Économie de la révolution permanente ». Peut-être aurions-nous pu inventer un terme plus marketing : « Rebellionomics », l'économie à l'âge rebelle. Ou bien écrire un traité sur « Les Profits de la dissidence ». Comme il était déjà tard et qu'aucun de nous n'avait l'étoffe d'un consultant, nous en sommes restés là, à ces trois mots qui expliquaient notre désarroi. « L'Économie de la révolution permanente », un système d'accumulation du capital fondé sur la révolte et la contestation. De ces quelques intuitions, il était possible d'extraire un principe plus déroutant encore : le capitalisme est désormais, et pour les siècles des siècles, le seul régime authentiquement révolutionnaire. Tous ceux qui s'y opposent sont des réactionnaires.

C'est aux États-Unis, vers 1992-1993, que la norme esthétique du capitalisme a basculé. Je le tiens du livre de Naomi Klein, *No Logo*. Pendant ses années universitaires, Naomi était une militante de l'identité. Elle enrageait que si peu de femmes, de Noirs, de Portoricains, d'Asiatiques, d'homosexuels, de lesbiennes soient cités au programme. « Un grand nombre de nos luttes portaient sur les questions de "représentation", un ensemble plutôt flou de récriminations logées pour la plupart à l'endroit des médias, du programme universitaire et de la langue anglaise [1]. » J'ai imaginé ces temps bénis de la conscience américaine où la révolte se réduisait à la défense des quotas ; comment la jeune Naomi et quelques adolescentes au cœur pur se lamentaient sur les bancs de l'école. Une lutte si parfaitement correcte. Sans vague. Plus de Noirs, plus de femmes, plus de Portoricains ; un opportunisme ethnique où le pouvoir n'était pas tant critiqué que les conditions pour y accéder. Comme la critique du spectacle pour la mondanité européenne, la lutte des identités était le refuge de la colère outre-Atlantique. En attendant mieux...

Au cours de ses années universitaires, Naomi a vu sa belle cause se décomposer. Elle n'avait pas encore entamé sa longue enquête sur les stratégies des entreprises pour séduire la jeunesse qu'elle était le témoin direct de sa propre récupération. Les femmes, les Noirs, les Portoricains, les *queers*, les nains, enfin toutes ses chères minorités se muaient sous ses yeux en argument publicitaire. Une junkie avec une

1. Naomi Klein, *No Logo*, Arles, Actes Sud, 2001, p. 144.

épingle dans un bras et une bouteille de Pepsi dans l'autre, c'était le chic du chic. « Les marques semblaient nous dire : de la diversité, tu en voulais, en voilà [1]. » L'une après l'autre, les revendications identitaires étaient reprises par les marchands. Et ce recyclage a jeté le doute dans son joli cœur pur. « Le couronnement de la diversité sexuelle et raciale en tant que nouvelle superstar de la publicité et de la pop culture a créé, on le comprend, une sorte de crise d'identité de l'identité [2]. » Après l'art, le capitalisme prenait lui-même en charge la critique de son esthétique. Le métissage remplaçait le conformisme blanc. Les marchands élargissaient le spectre de leur discours pour englober tout ce que la contre-culture avait représenté : le bizarre, l'excentrique, le syncrétisme. Voilà quelle était la cosmétique du capital dernier cri. Et tandis qu'elle s'imposait aux rayons de la Fnac, les compagnons de route de la dissidence étaient laissés à leur nostalgie. L'avant-garde n'était plus en avance sur rien. Tout ce qui était aux marges occupait désormais l'épicentre.

Si visuellement Ignacio Ramonet, le rédacteur en chef du *Monde diplomatique*, avait raison de s'inquiéter que « [...] dans les quartiers aisés des grandes villes du monde, l'agrément

1. *Ibid.*, p. 147.
2. *Ibid.*, p. 151.

de la diversité cède le pas devant la foudroyante offensive de la standardisation, de l'homogénéisation, de l'uniformisation[1] », la réalité qui se dessinait alors était tout autre. À l'uniformité, les marques préféraient l'image d'un exotisme abordable. Il s'agissait moins de vendre une monoculture que « de fournir à chacun, dans le monde entier, une sorte de mélange d'épices. Au tournant du XXIe siècle, le boniment de vente, c'est moins le Marlboro Man que Ricky Martin : un mélange bilingue de Nord et de Sud, de latino et de rythm'n'blues, tout cela enrobé dans les paroles de chansons d'une fête mondiale[2] ». J'en avais eu la triste confirmation en m'entretenant avec le directeur de communication de McDonald's France. « L'heure est au local », expliquait-il. Le global était trop ostentatoire, trop m'as-tu-vu. Il devait s'amender. « Chez McDo – il commençait toutes ces phrases de cette façon –, nous avons entrepris d'adapter notre production à la diversité des cultures, à l'environnement. » Et tandis que je l'écoutais d'une oreille distante me vanter les mérites de leur dernier package terroir, je repensais à un article de Jean-Marie Messier. Quelques semaines auparavant, il avait publié dans *Le Monde* un hymne en faveur du métissage. Il avait mis ses

1. Ignacio Ramonet, *Géopolitique du chaos*, Paris, Galilée, 1997, p. 49.
2. Naomi Klein, *No Logo*, *op. cit.*, p. 155.

meilleurs conseillers à contribution, si bien que le texte donnait l'impression d'avoir été écrit par un chroniqueur de *Wall-Paper*. À cet instant, j'ai pensé que l'enfermement approchait de sa complétude : la diversité unique. « Le Sénégal, écrivait le chroniqueur musical Jean-Marie Messier, après avoir importé le rap, l'a totalement sénégalisé et en a fait l'une des formes les plus actives et contestataires de l'expression politique locale [...] Quant à la musique électronique née à Detroit, elle a donné naissance, grâce aux DJs français, à la *French Touch* sur laquelle on danse maintenant... à Detroit. » Que faire ? Où est la sortie ? Reste-t-il une porte-fenêtre quelque part, dans un coin, par laquelle sauter ou vomir ?

Soyez subversifs, dangereux, visionnaires, hostiles, anarchistes, punks, camés. *« Destruction is cool »*, enseignait Tom Peters, le gourou du management américain dans son livre *The Circle of Innovation.* Voilà quelle était la rhétorique de l'économie de la révolution permanente. Il n'était pas même besoin de lire *Le Nouvel Esprit du capitalisme*, de Luc Boltanski et Ève Chiapello [1]. Il suffisait d'ouvrir les yeux : États-Unis, 1996. Londres, 1997. Paris, printemps 2000. La nouvelle économie débarque.

1. Luc Boltanski et Ève Chiapello, *Le Nouvel Esprit du capitalisme*, Paris, Gallimard, 1999, p. 510.

Bienvenue dans le cyberespace. Mort à la hiérarchie. On aurait dit une redite marchande d'un autre printemps où les slogans, faute d'espaces publicitaires, s'écrivaient à même les murs. Ils appelaient à changer le monde, à le recréer selon ses désirs, à jouir sans entraves. Ceux qui avaient lu les magazines de la côte Ouest américaine savaient que le printemps des peuples électroniques allait déferler un jour ou l'autre par l'autoroute A6. Mais qui aurait pu en deviner l'ampleur ? Les arguments étaient déjà tout prêts : une parfaite *cover-story* ! À l'origine de la nouvelle économie, n'étaient-ce pas des hippies californiens qui avaient écouté John Lennon, fumé des joints, porté des *plateform boots*, des cheveux longs, ingéré des acides en suivant les conseils de Timothy Leary ? C'était bien là, en pleine période psychédélique, à quelques kilomètres des foyers d'agitation étudiants, que les pères fondateurs du e-business avaient commencé à œuvrer. Il ne restait plus aux médias qu'à en tirer la leçon : la nouvelle économie réconcilie l'insurrection avec l'esprit d'entreprise. « Dans le nouvel univers, tout est possible, puisque créativité, réactivité et flexibilité sont les nouveaux mots d'ordre [1]. » À lire les chroniqueurs du *Nouvel Observateur* et de *L'Express*, j'avais l'impression d'être soudaine-

1. *Ibid.*, p. 139.

ment entré dans une communauté fouriériste. L'*openspace*, un idéal architectural issu des squats qui avaient abrité les punks anglais dans les années 80, servait désormais d'incubateur aux jeunes entrepreneurs. Internet sapait naturellement les dernières traces de l'autorité. Les manuels de management se mettaient à l'heure de la révolution permanente. Il ne devait plus rester ni chefs, ni superviseurs, ni inspecteurs, ni bureaucraties. Ce que Mai 68 n'avait pas achevé dans la rue, les réseaux l'achèveraient au sein même de l'entreprise. Nous entrions dans l'anarchie réalisée, le capitalisme sans Dieu ni Maître, l'économie *without* oppression. L'idée même de gratuité faisait son entrée triomphale dans les modèles de l'écoulement marchand : une connexion offerte pour accéder à un monde de services sans autre contrepartie qu'un flux publicitaire sur son écran d'ordinateur. En quelques mois, le Nouvel Esprit du capitalisme qui s'était forgé dans les grandes *business schools* de l'Occident éclatait en plein jour. Et tandis que des sociétés comme Apple se payaient les grandes icônes de la contestation – le Che, Gandhi, Bob Dylan – dans ses spots publicitaires, la figure idéale de l'entrepreneur prenait corps : il fallait être un dissident, un insurgé, un surhomme. « Il doit posséder pour cela de l'intuition, du talent – au sens où l'on parle du talent d'un artiste. Il balaie du regard le monde qui l'entoure en quête de signes inédits et sait anticiper, pressentir, renifler les liens qui méritent d'être frayés [1]. »

UN RIRE EST SORTI DE LA BOUE

Face à ce nouvel enfermement, nous n'avons d'abord eu que deux options : le désespoir ou le rire. Je devrais dire d'ailleurs que tout a commencé avec le désespoir. Le rire est venu après. Comprenez ! Un homme ou une femme qui a grandi dans un temps déjà achevé, qui a vu le situationnisme céder aux avances de la marchandise et son sentiment de révolte mis en vente dans les grands magasins, ne peut débuter autrement son existence – si tant est qu'il aspire à la liberté – que *dans* le désespoir. De cet état, les enfants de l'effondrement essaient aujourd'hui de s'extraire. Et c'est aussi là que Naomi Klein a puisé la nécessité de son livre : « Ma dernière année de collège, je l'ai passée en grande partie avec ma meilleure amie, Lan Ying, à débattre péremptoirement de l'absurdité de vivre dans un monde où tout a déjà été fait [...]. On pouvait sortir de l'étroit et rectiligne sillon carrière-matérialisme, mais c'était pour aboutir à un autre – le

1. *Ibid.*, p. 170.

sillon des gens qui sortent du sillon principal [...]. Vous voulez voyager ? Devenir un Kerouac contemporain ? Voyez le sillon *Let's Go Europe*. Vous voulez être rebelle ? Artiste d'avant-garde ? Passez à la librairie d'occasion pour acquérir votre sillon alterno, poussiéreux, mangé par les mites et usé jusqu'à la corde. Tous les lieux où nous pouvions nous imaginer se changeaient sous nos pieds en clichés – comme dans les pubs de Jeep ou les comédies à sketches[1]. »

Certains verront dans ce désespoir le caprice récurrent des enfants gâtés de l'Occident, celui que l'Histoire a si fréquemment rattaché à l'ennui. « Ce mal sans nom » que Sérénus, l'ami de Sénèque, ne parvenait pas à décrire dans la *Tranquillité de l'âme*. Après tout, Pierre Viansson-Ponté n'avait-il pas écrit dans *Le Monde* « La France s'ennuie » quelques semaines avant les événements de 1968 ? Il y a là une part de vérité. L'ennui est un puissant moteur de révolte. Il l'a été depuis que la Révolution française a imposé l'idéal bourgeois comme norme. Il le sera encore pour de nombreuses années : les joies et les plaisirs du capitalisme ne comblent que la moitié de l'humain. Il est bien naturel que l'autre moitié se réveille parfois, pour rappeler qu'au-delà des désirs de l'avoir demeure le puissant désir d'être. Nous n'en étions pas encore là. À l'exception du suicide,

1. Naomi Klein, *No Logo*, *op. cit.*, p. 93.

le désespoir constituait, pour l'heure, la seule voie praticable[1].

C'est de ce désespoir qu'a jailli le rire. Il a d'abord été notre arme contre la culpabilité ; il disait « puisque nous ne pouvons plus rien, amusons-nous ». Et progressivement, malgré nous, il s'est substitué au désespoir. À cette époque – au début des années 90 –, nous l'avons préféré à notre liberté. C'était un rire de vaincu qui, doucement, sans qu'on y prenne garde, injectait le cynisme au cœur du monde. « Des radios à la presse, de la publicité aux chaînes de télévision, des conseils d'administration aux comptoirs de cafés, c'est le même genre de rire qui s'est imposé un peu partout comme symbole, comme garant et comme expression de la vie démocratique[2] », avait écrit Jean-Paul Curnier. Qu'on ne s'y trompe pas. Ce n'était pas une joie spontanée. Ce rire qui naissait au lendemain de notre veillée funèbre, sur les cendres des fins, contre la mémoire à deux têtes de la désillusion et de l'horreur, après la grande déro-

1. C'est ainsi que je m'explique aujourd'hui l'importance *symbolique* du triple suicide de l'année 1994 : Ghérasim Luca (janvier), Kurt Cobain (avril), Guy Debord (novembre). Ils sont à mes yeux les belles victimes insurgées du nouvel enfermement. Leur mort a donné raison au désespoir. Elles ont avoué soudainement que rien n'était plus opposable au réel.

2. Jean-Paul Curnier, *Manifeste*, Paris, Farrago-Léo Sheer éditeur, 2001, p. 8.

bade du pouvoir et la déréalisation du monde... Oui, ce rire-là qui charriait toute l'esthétique de la résignation, nous y avons vu la tonitruante révérence de la volonté et l'entrée en scène fracassante de l'abdication. Il était celui des rédacteurs en chef qui nous gavent de faits honteux avec le petit mot d'esprit dégoûtant qui vous fait comprendre qu'écrire contre son temps ne sert plus à rien.

•

Lorsque je m'interroge sur la première manifestation de ce rire, je suis rappelé à une image obsédante. Était-ce au Guatemala, au Honduras ? Un sacré spectacle. Le spectacle sacré par excellence. J'avais à peine dix ans. C'était à la télévision. C'était une petite fille. C'était face à la caméra. En fait, ce n'était pas une petite fille mais une tête de petite fille, une tête juste au-dessus d'un lit de boue avec le corps déjà dedans. Dans la boue. Disparu, le corps. Et la tête aussi qui disparaissait. Là, juste à quelques mètres de moi, de nous, de tout le monde. À des milliers de kilomètres de tout le monde, aussi. Et les secours ! Ils étaient où, les secours ? Ils ne servaient à rien, ils ne pouvaient rien. La seule chose qu'on pouvait, c'était regarder la petite tête de petite fille dans le lit de boue. Si je devais trouver la source de ce rire, je chercherais aux alentours de cette boue, dans la boue même, dans le spectacle de cette boue. Car c'est aussi là que, soudainement, l'image a neutralisé l'indignation, et que le rire nous a permis de survivre à notre impuissance. Oui, ce jour-là, nous ne nous sommes pas donné la mort. Peut-être aurions-nous dû... par dignité.

Depuis ce temps, le rire s'est transformé. Il n'est plus une manière de survivre au désespoir, mais un instrument pour la soumission. Il sert indéfiniment à disqualifier nos rêves. Je me souviens encore de ces images de 1996. Elles montraient la conférence intergalactique organisée par le sous-commandant Marcos. Les télévisions pensaient faire preuve de pertinence en montrant les « coulisses » ; c'est ce qu'on appelle avoir un angle. Regarder les médias qui regardent les médias qui regardent les médias... Les images montraient les caméras en batterie devant le chef de l'armée zapatiste, les intellectuels de la gauche française perdus sur les sentiers de la jungle Lacandone, le folklore et les T-shirts à l'effigie du « Sub ». Tout le petit monde de la résistance globale pataugeait dans la boue. Car il y avait de la boue là aussi. De la boue autour des cabanes, sur les sentiers. Il pleuvait fort, sans arrêt. Les toits percés laissaient passer la pluie, et la boue envahissait l'intérieur des dortoirs. Pourquoi une région qui fournit 40 % de toute l'énergie hydroélectrique du Mexique était-elle, dès la première averse, recouverte de boue ? Nous aurions pu nous poser la question. Pourquoi, en dépit des immenses gisements de pétrole et des réserves de gaz, les baraquements n'avaient pas l'eau courante ? Pourquoi finalement cette boue était-elle à l'image du traitement réservé aux dix millions d'Indiens qui peuplent le Mexique ? Oui ! Nous AURIONS PU... Mais nous avons préféré un autre traitement, plus moderne, plus *situ*. Il faudrait dire, plus conformiste. Nous avons vu le ridicule des intellectuels pataugeant dans la boue et l'insurrection zapatiste *sauvée par les 4 × 4*. Nous avions bien appris la leçon : la misère est un spectacle. L'oppression est une image. La petite fille est dans la boue. Personne n'y peut rien. C'est la caméra qui a tort. Il vaut mieux critiquer le cadre que ce qu'il y a dedans ; on peut changer le cadre, au moins. On ne peut changer le monde. Et de toute façon, comme disait la reine en colère, « il y a de la révolte à vouloir se révolter ». Ce sera donc ça, l'angle : Marcos superstar, la conférence intergalactique interrompue par la pluie. Comme Roland-Garros. C'est drôle. Ça ferait une bonne chute. Dans la salle de montage, on rigole : c'est marrant quand même, tous ces T-shirts « I Love Marcos » sur le marché central de San Cristobal. « T'as vu, là, l'Américain qui porte un pin's Che Guevara. – Dans *Elle*, ils ont titré la “fashion guerilla”. »

L'insurrection zapatiste vue par le rire du

dandysme de masse a l'air d'un défilé automne-hiver. « Il paraît que Helmut Lang veut lancer la mode cagoule... » Tout le monde est convaincu. Rien n'a de sens. Tout le monde est dans la boue, dans le rire de la boue. « Le Chiapas saigne par des milliers de chemins, écrivait Marcos dans l'un de ses textes de jeunesse : des oléoducs et des gazoducs, des lignes électriques et des wagons de chemin de fer, par la voie des comptes en banque, par camions et camionnettes, bateaux et avions, par des sentiers clandestins, routes de terre, chemins et sentiers ; cette terre continue de payer son tribut aux empires : pétrole, énergie électrique, bétail, argent, café, banane, miel, maïs, cacao, tabac, sucre, soja, sorgho, melon, mamey, mangues, tamarins et avocats, et le sang du Chiapas coule par les mille et une morsures des crocs du pillage dans la gorge du Sud-Est mexicain. Matières premières, des milliards de tonnes, qui s'écoulent vers les ports mexicains, les centrales ferroviaires, aériennes, et routières, avec diverses destinations : les États-Unis, le Canada, la Hollande, l'Allemagne, l'Italie, le Japon ; mais toujours le même destinataire : l'empire. La part qu'impose le capitalisme au Sud-Est de ce pays, comme cela a toujours été le cas depuis sa naissance, mêle le sang et la boue [1]. »

---

1. Sous-commandant Marcos, *Ya Basta*, communiqués de l'Ejercito Zapatista de Liberación Nacional, Paris, Dagorno, 1996, T. I, p. 39-40.

Que fallait-il entendre dans cette phrase ? La ponction du capitalisme mondial sur une région périphérique, une somme de statistiques froides ou bien le lyrisme insurgé des hommes expropriés de leur terre, de leur culture et leurs saignements ; le cortège de la nature transformée en flux de marchandises, l'abondance première pillée par un système de rareté. Le spectacle a déréalisé le monde et, dans cette déréalisation, il a emporté notre capacité d'indignation. Nous sommes désormais les invités d'un vernissage permanent où l'information est commentée à la manière d'une performance. Toutes les causes classiques de la révolte se fondent avec la matière première et sa transformation. Elles suivent le chemin des grandes routes commerciales et, comme le sorgho, les tamarins et les mangues, elles ont une origine contrôlée et un arrière-goût exotique.

À l'âge de l'enfermement, le *dandysme de masse* décrit la condition d'un homme assis sur un tas d'ordures et qui rit. Il connaît chaque déchet du tas, et c'est parce qu'il les connaît qu'il s'est pris à rire. Un objet *particulier* pourrait encore l'émouvoir, mais l'addition de ses expériences avec chacun des objets qui composent le monde lui a ôté toute envie de voir en *particulier*. Non pas qu'il refuse par aveuglement. C'est la vision permanente qu'il a du tas qui rend vaine à ses yeux la considération d'un objet *en particulier*. Il n'est pas un barbare. Il est même tout le contraire. C'est un être sensible, féminin, incapable de violence. Il a simplement abdiqué. S'il rit, c'est parce qu'il a choisi de vivre *sur* ce tas d'ordures et non *contre* ce tas d'ordures. Il en a fait sa maison, sa garde-robe, son fumoir et sa bibliothèque. Le rire est son esthétique... une esthétique de la résignation. Le *dandysme de masse* répugne très généralement à faire le mal, mais il trouve la morale profondément ennuyeuse. Il rit par principe, pour échapper à la gravité de ceux qui voudraient l'instruire de ce qu'il sait déjà. Mais du haut de son tas, il lui arrive de sentir une profonde lassitude. Ivre de rire, il chancelle à l'idée qu'être *sur* des ordures, c'est aussi être *parmi* les ordures, et qu'à force d'amusement il en serait devenu une... d'ordure. Alors, par la conscience qu'il a acquise de la médiocrité, le *dandysme de masse* entre *dans* la médiocrité. Il la frôle d'abord. Il la contourne. Il l'évite. Il l'effleure. Puis il la caresse. Puis il y goûte. Puis il plonge. Puis il s'y complaît. Alors commence le temps de l'enrichissement SANS CAUSE. Le souvenir du désespoir s'éloigne et laisse pleinement la place au cynisme. Le calcul grossier l'emporte sur l'esprit de finesse. L'imposture dure encore quelque temps. Parfois une vie entière. Cependant, tout le potentiel de révolte est englouti et le rire s'élève plus haut encore, incontournable et vautré.

LA NOUVELLE EMPRISE

Quelle est la couleur de l'eau ?

« Jeunes nomades, nous vous aimons ! Soyez encore plus modernes, plus mobiles, plus fluides [...]. Soyez légers, anonymes, précaires comme des gouttes d'eau ou des bulles de savon ! Si vous n'êtes pas fluides, vous deviendrez très rapidement des ringards[1]*. »*

« L'espace des flux [...] est en train de devenir la manifestation spatiale dominante de nos sociétés [...] Les services avancés, y compris la finance, l'assurance, l'immobilier, le conseil, l'assistance juridique, la publicité, le design industriel, le marketing, les relations publiques, la sécurité, [...] tous peuvent être considérés comme une création de savoir et un flux d'information[2]*. »*

---

1. Gilles Châtelet, *Vivre et penser comme des porcs*, Paris, Exils, 1998 ; Paris, Gallimard, coll. « Folio », p. 89.
2. Manuel Castells, *La Société en réseaux*, Paris, Fayard, 1998, chap. VI.

Comme les autres habitants des quartiers chics de la Nouvelle Architecture du Monde Uni, l'homme qui suffoque était désormais un schizophrène heureux. Plus les logiques contradictoires des flux d'information l'obligeaient à se dédoubler, plus il jubilait. Sans doute confondait-il sa schizophrénie légère, son déracinement, son nomadisme et sa liberté, mais l'important, après tout, c'était qu'il nageait dans le bonheur. Il se félicitait d'être là et ailleurs, au même moment. Il pensait sa jouissance en termes de dispersion électronique. Il se vantait d'être à lui seul une plate-forme multimédia, d'avoir une oreille à son téléphone, un œil sur ses e-mails, une bouche à un sandwich suédois saumon-aneth, une jambe sur un tapis roulant d'aéroport. Il en était d'autant plus fier que, au même moment, son autre jambe traversait les allées d'un avion transatlantique, son autre œil s'attardait sur un DVD, et son autre oreille se distrayait grâce à un fichier MP3. L'homme qui suffoque se flattait de n'être ni vraiment cette bouche, ni vraiment ces oreilles, ni cette main, ni ces jambes, ni ces yeux, ni la somme de toutes ces parties de lui-même. Il se savait téléchargeable, au moins partiellement. D'ailleurs, il venait d'envoyer une image de son cou en sueur et le son de ses soupirs à son professeur de squash. Il ne pouvait pas encore diffuser son odeur, mais bon... Ce n'était pas grave. Il se sentait suffisamment désincarné.

Lors de ses déplacements, il lui arrivait de contempler son répertoire électronique. À ses yeux, il ne s'agissait pas d'une simple liste de connaissances, mais de l'amplification digitale de son être, un genre d'aura cybernétique. À cette époque, il travaillait sept jours sur sept et vingt-quatre heures sur vingt-quatre. Du fait qu'il voyageait souvent à contresens des fuseaux horaires, il n'était pas rare que son temps de travail dépasse le temps réel disponible.

Un soir, pour se changer les idées, il était allé boire quelques verres de mauvais champagne dans un vernissage de la rive droite, à Paris. Le carton d'invitation était un petit bijou de minimalisme chic. Gris sur blanc, écriture en filaire, une flèche rose pour les indications, la date exprimée en pixels et mégabits. Un portier en gants beiges et tenue de cosmonaute le salua en inclinant son casque. Deux DJs déguisés en poisson pilotaient des ordinateurs portables. Ils jouaient une pièce aquatique pour mammifère marin. Dix heures de clapotis, de cris de dauphin, de ricanements de baleine, en boucle. La galerie était blanche, clinique. Une lumière intense donnait à l'espace des allures d'apesanteur. Des jambes de femmes montées sur d'invisibles socles paraissaient suspendues. Sortant du plafond, des dizaines de mains et d'avant-bras recouverts de longs gants en latex crème scrutaient le vide. Plus loin, un aquarium de verre était scellé au mur où flottait un cerveau découpé en rondelles. L'eau aussi était un précipité de mousse blanche. Une image fixe d'hippocampe se réverbérait sur un nuage de vapeurs. L'exposition avait un titre énigmatique : « Licœur ». L'artiste souhaitait ainsi représenter la deuxième phase de l'évolution. Après avoir traité de l'accumulation, il cherchait à représenter la liquéfaction. « L'humain est composé à 65 % d'eau, lisait-on sur le fascicule de l'installation. L'information nous écoule autant que nous l'écoulons. "Licœur" consacre l'alliance du technologique, de l'aquatique et de l'intelligence. »

Le titre lui était venu alors qu'il buvait un cognac au dernier étage de l'hôtel Marriott, à New York. À la vue des écrans géants de Times Square où défilent les cotations boursières des grandes entreprises high-tech, il avait senti l'ivresse du liquide, le vertige de son corps éclaté, démantelé, pris dans le réseau de la Nouvelle

Architecture du Monde Uni. Il n'avait plus eu qu'à suivre son intuition : le monde entier aspire à son propre écoulement. La logique des flux emporte avec elle l'épaisseur des corps. La forme abandonne ses dimensions pour ne montrer que le mouvement, la fuite, le passage. En bon professionnel, il se devait de revendiquer cette esthétique : une connectique à l'image des rivières et des affluents de rivières, un écosystème info-aquatique où chaque sens et chaque membre seraient sollicités de façon autonome.

Pour l'homme qui suffoque, le vernissage de « Licœur » fut surtout l'occasion d'un terrible écœurement. Il prenait soudainement conscience que la création d'avant-garde avait endossé les critères dominants du capitalisme informationnel. Lui aussi, dans sa schizophrénie heureuse, participait du même rêve fluide. Il regarda autour de lui et remarqua que les invités composaient une mondanité inédite, mélange de grands patrons, d'icônes underground, de stars, d'hommes politiques, de créateurs, designers, stylistes et d'égéries cyberpunks. Au milieu des confidences et des moqueries sans lesquelles les vernissages ne seraient pas vraiment des vernissages, il put saisir l'humeur du temps : « Comme il serait chic de se couvrir d'écailles et de remonter les courants comme une truite bourrée d'antibiotiques ! » disait une femme moitié Geisha, moitié Andalouse. « Ma prochaine métamorphose sera un implant fonctionnel sur le sexe pour recevoir des stimulations électroniques », faisait savoir un humain ordinaire à son voisin plus ordinaire encore. « Il appelle ça "Licœur" et il n'y a rien à boire. Quelle tristesse », fut la seule phrase sensée qu'il eut l'occasion d'entendre. Tout le reste n'était qu'un murmure euphorique sur le thème de la liquéfaction. « Non vraiment, je pense qu'il a raison. L'avenir sera liquide. – Comment, l'avenir ? Mais regardez-moi, je suis à Paris ce soir. Demain, je suis à Tokyo. Je passe à New York. Entre-temps, j'envoie des consignes pour la prochaine collection à Milan. L'eau, c'est moi. »

L'homme qui suffoque n'était pas d'humeur à discuter. Alors qu'il observait l'hologramme vaporeux de l'hippocampe, il releva le commentaire d'une brunette exaltée. Elle se présentait comme l'attachée en communication de la société sponsor. Une marque d'alcool : Ricard-Licœur. La brunette racontait comment elle avait fait de cette boisson de prolos le breuvage dernier chic de la mondanité globale. « L'épaisseur, cher ange, est un truc de has been, disait la fille. Au contraire, le fluide, cher ange, réconcilie la culture et l'économie. Écoutez. Vous entendez le cri du dauphin... » Elle s'arrêta net et se mit à osciller du cul. Les DJs déguisés en poissons avaient affecté une réverb aux sons de la mer, si bien que les cris des gentils mammifères créaient un début de sweet funky beat. *La deuxième partie de leur pièce commençait. Aquatique* lounge...

« C'est aux corps qu'ils en veulent, se disait l'homme qui suffoque. Tous les corps. Fini, l'espace et le temps. Fini, la chair, son épiderme, ses viscères. Fini, la matière. Bienvenue dans un monde sans mensuration. Adoptez l'élégance moderne. Foutez-vous des territoires. Tout se passe dans le temps. » Il avait une idée plus claire de ce qui l'empêchait de respirer.

Dans les jours qui suivirent, il eut du mal à se concentrer. Ses collègues de bureau voyaient qu'il débloquait. Tous travaillaient dans un openspace, *style garage, brut, ciment, acier. Depuis leur* desk, *ils l'observaient entretenir de longues conversations solitaires. Bien sûr, la folie n'était plus un problème. Elle était même encouragée, signe de dynamisme, la qualité n° 1 du travailleur en réseau. Cela dit, les monologues de l'homme qui suffoque prenaient un tour trop étrange pour qu'on ne s'en inquiète pas. « Je serais la pierre au milieu des courants, murmurait-il. Mon corps est une masse. Mes doigts seront des haies. À l'âge du temps réel, je demeurerais immobile. » Autour de la machine à café, couverte par le son des arabicas courts sucrés n° 12 en continu, la rumeur allait bon train. « Il répète le mot "lourd" depuis ce matin. – Il a vraiment fondu un câble. – Neuronal ou informatique ? – Aux toilettes, il s'est mis à chanter un truc bizarre : je suis gros, je suis énorme, éno-hoorme. Je suis une muraille, la muraille de Chineuu. Allez vous faire foutreeuu, vous autres collabos de la liquéfaction. Je ne vous crains pas. Je suis inamovible. Inamoviibleeu. »*

L'homme qui suffoque connaissait son B. A.-BA de relativité : lorsque l'abscisse et l'ordonnée de toutes choses avancent, seul ce qui ne bouge pas donne l'impulsion au mouvement. Il en avait conclu que, bientôt, la tendance s'inverserait. Les représentants des masses, de la matière, les êtres figés, les inamovibles. Oui ! Ils composeraient la nouvelle avant-garde. Ce ne fut pas longtemps après cela qu'il reçut sa lettre de licenciement. Ses excès d'humeur lui avaient valu d'être mis au ban de sa société. Ses anciens amis craignaient d'être vus en sa compagnie. Il avait choisi le camp des sédentaires contre les nomades. « Un barjo, et réac en plus. »

Son licenciement n'allait pas sans une certaine ironie. L'homme qui suffoque n'avait jamais signé de contrat. Il avait fait partie des premiers « précaires volontaires » ; un groupe de jeunes dandys privilégiés qui avaient milité pour l'Absolut Risk, une conception « révolutionnaire » de la société exigeant la suppression de tous les systèmes d'assurance, tant publics que privés. L'Absolut Risk portait le « tu ne t'assureras pas » au rang de commandement suprême. Le but était de faire renaître un homme prébourgeois, sans filets, nu, en prise directe avec sa destinée ; d'une part en maximisant la confrontation aux aléas, aux hasards, aux accidents, et d'autre part en réveillant les passions brutes, une fois extraites du gros fatras de garanties qui les avaient ensevelies.

Maintenant qu'il était rejeté, sans ressources, obligé de mendier les moyens de sa subsistance, l'homme qui suffoque avait tout loisir de retracer le parcours intellectuel qui l'avait conduit à de telles extrémités. Il commençait sa longue traversée du désert digital.

LA TRAHISON DES CHAIRS

Tout au long de mon adolescence, j'ai été tiraillé entre deux formes contestataires : l'une artiste et l'autre sociale [1]. La première portait haut la haine du bourgeois, de ses conventions, de son épargne, de son petit confort. Elle était de nature aristocratique. Elle revendiquait l'oisiveté. Au formatage de la raison, elle opposait le surgissement de l'irrationnel, la beauté du bizarre. Le *non* radical qu'elle rééditait chaque fois sous des formes différentes reliait la poésie de Baudelaire, les champs magnétiques de Lautréamont, la nonchalance de Rimbaud, la folie Dada, le surréalisme, la dérive situ, les déchirures du punk. La critique sociale, elle, n'a jamais pu s'offrir le luxe de ce dédain. Elle a répondu dès les premiers jours de la révolution industrielle par de modestes remaillages. Elle a plus pansé les plaies des ouvriers qu'elle n'a craché à la gueule des bourgeois. Elle était encline aux compromis, au

1. J'emprunte ici une distinction faite par Boltanski et Chiapello dans *Le Nouvel Esprit du capitalisme, op. cit.*

réalisme. Sous mes fenêtres du Quartier latin, je l'ai observée, corps après corps, un syndicat puis l'autre, défiler en direction des ministères. La critique artiste était séduisante, sensuelle. Cependant, la complaisance des milieux de l'art me ramenait toujours à la dignité du dénuement. Je me maquillais pour la première. Je me déshabillais pour la seconde. Toujours dans le va-et-vient. Simple et brut le jour. Sophistiqué et moqueur la nuit. Engagé puis dandy. Pudique puis extraverti. Humble puis condescendant. Révolté puis désabusé. Les centres-ville m'avaient appris l'esprit de finesse. Ma chair, peut-être aussi ce fond de religion que l'on m'avait mis dans le crâne me remettaient sur la voie de la matière. Je désirais réconcilier les deux critiques comme pour me recoller moi-même. Or, plus le siècle avançait vers sa fin, plus je sentais le schisme grandir. Déchirure au sein de la révolte. Dans les salons des années 90, la seule évocation des mots *politique, territoire* ou *social* passait pour conservateur. L'épaisseur des corps, l'inertie des sociétés, toute l'amplitude de l'incarnation étaient jugées lourdes et archaïques. Il fallait être léger, dans le vent. « Mais un jour, peut-être, le siècle sera deleuzien », avait dit Foucault. Désormais, il l'était [1].

1. Foucault employait le terme « siècle » dans son acception ancienne : « siècle » au sens du clergé « séculier », ceux qui vivent dans le monde.

Jusqu'au début des années 80, les deux critiques avaient convergé. Dans *Le Nouvel Esprit du capitalisme,* Boltanski et Chiapello citaient en exemple la revue des *Temps modernes,* « soucieuse [...] de concilier l'ouvriérisme [...] du Parti communiste avec le libertinage [...] de l'avant-garde artistique ». Le terme qui autorisait cette alliance était celui de TRANSGRESSION : « Des ouvriers séquestrant leur patron, des homosexuels s'embrassant en public ou des artistes exposant des objets triviaux, transportés de leur contexte habituel dans une galerie ou dans un musée, ne s'agissait-il pas toujours au fond des métamorphoses d'une même TRANSGRESSION de l'ordre bourgeois[1]. » Un seul front, artistique et populaire, dont le ciment était l'outrage. Les philosophes jouaient les passeurs de Saint-Germain-des-Prés à Boulogne-Billancourt. Ils arrachaient l'art à son histoire pour le plonger dans le cambouis de la machine-outil. Ces efforts n'étaient pas toujours bien accueillis, mais l'essentiel était acquis. Tous les violeurs de norme communiaient. Le JUSTE avait de la gueule ! Une poésie, un cortège, des rimes, un slogan, une avant-garde bicéphale, esthétique et révolutionnaire.

1. Luc Boltanski et Ève Chiapello, *Le Nouvel Esprit du capitalisme*, *op. cit.*, p. 85.

Cette alliance, je l'ai vue se rompre ; ça ressemblait à un embarquement. Dépêchez-vous, dépêchez-vous, entendait-on. On appareille ! L'artiste n'a pas même sorti un mouchoir. Il quitte la terre sans remords. Pas un geste. J'ai encore un pied sur la jetée et l'autre sur le pont. Comme Damien le supplicié, écartelé par quatre puis six chevaux en l'an 1757, je sens les cartilages au pli de l'aine se déchirer sous les tensions de l'esthétique et du politique. Je n'ai pas été tenaillé aux mamelles. Aucun bourreau ne m'a préalablement brûlé de feu de soufre. Je ne suis ni coupable ni jugé. C'est l'époque et son esprit qui m'écartèlent. Leur foutu chantage. Le désir d'hybridation se substitue à l'élan de la transgression. L'élite se laisse charmer par l'idéal des flux. Les intellectuels abandonnent pour de plus hautes sphères le terre-à-terre des gens de rien. Les poètes manquent à l'appel. Les philosophes se font rares. Le procès de Sartre justifie le détachement. Il ne reste à la révolte que des slogans ennuyeux, pétrifiés, la grosse lourdeur des plaintifs, les corps pauvres des pauvres. Alors, vous venez ? Il faut choisir, l'ami. Vous montez, oui ou non ! Là-bas, le grand large, les eaux cybernétiques. Ici, le sol triste et exsangue. Je vois en vous un homme de son temps. Suivez votre destin. Vous avez une bonne éducation. La technologie n'a pas de mystère pour vous. Vous nous serez utiles. Vous serez bien payés. Et puis pourquoi rester ? Il n'y aura bientôt plus rien que des usines rouillées, des emplois temporaires, des clandestins contraints à l'errance éternelle. Quitte à être nomade, mieux vaut l'être par choix ! Ne trouvez-vous pas ? Ceux qui embarquent, vous verrez, sont d'excellente compagnie. Si vous travaillez avec eux en bonne intelligence – et Dieu sait combien ils ont besoin d'intelligence –, ils vous couvriront d'or. Eh bien ? Je voulais embarquer, bien sûr. Parce que je n'avais pas vingt ans, et que lorsqu'on n'a pas vingt ans on ne peut pas être déjà vieux au point de rejeter l'esprit de son temps. Et puis, j'en faisais commerce, de cet esprit. Il me nourrissait. Le capitalisme a besoin de vous ! Du sang frais avec un *feeling* d'époque. Mais si j'embarquais, c'en était fini de la révolte. On ne crache pas dans la soupe. Non, je ne crois pas... Peut-être était-ce cela que l'on appelait la mort de la contre-culture, cette grosse barque montée sur des coussins d'air qui levait les amarres, emportant avec elle plein de cracheurs de soupe pour une longue croisière organisée dans les lagons sans coraux de la mer Information.

Lorsque j'ai cherché à m'expliquer cette déchirure, je me suis ressouvenu d'un livre qui avait marqué l'entre-deux-guerres. *La Trahison des clercs*. Il était signé d'un certain Julien Benda, un essayiste qui n'a laissé de mémorable que ce pamphlet accusateur et quelques annexes ajoutées par la suite pour prouver que oui, il avait eu raison, vers la fin du XIXe siècle, l'esprit avait tourné le dos à ses devoirs. Les clercs – philosophes, savants – avaient failli à leur mission. Ils avaient abandonné les valeurs universelles pour servir de vilaines passions séculières. Ils avaient délaissé le ciel des idées aux majuscules – la Justice, la Vérité, la Paix, la Raison – pour souscrire au fumier quotidien. Aux premiers rangs des traîtres, il citait les chantres de l'idée Nationale, ceux qui avaient loué la grandeur de la Patrie. Benda a grandi pendant la Première Guerre mondiale. Il a connu l'orgueil croissant des peuples européens. Il a vu le Verbe franco-allemand se disputer l'Alsace et la Lorraine, les poètes et les peintres offrir leur génie à l'unité italienne, les écrivains anglais s'inquiéter du déclin de leur puissance. Dans la première édition de son livre, publié en 1927, il avait aussi dénoncé ceux qui, faute de choisir le combat des nations, avaient exacerbé la lutte des classes. Qui en Russie, qui en Allemagne, qui à la bibliothèque de l'École normale supérieure [1]... Aux quatre coins du Vieux Continent, la communauté des gens de lettres avait usé ses monoculaires pour défendre les gueules cassées. Prolétaires contre bourgeois. Marxistes contre sociaux-démocrates. Autre passion, mais une tra-

1. Lucien Herr, le bibliothécaire de l'École normale supérieure, fut l'un des principaux relais des textes de Marx en France, à la fin du XIXe siècle.

hison identique. Partout, Benda avait vu l'empressement de l'esprit à entrer dans l'Histoire pour en alimenter le feu. Et tandis que d'autres commençaient à y voir le nécessaire engagement de l'intellectuel [1], lui continuait à dresser l'inventaire des fautes, des tromperies, tel un mari jaloux de voir tant d'adultères métaphysiques.

Au cours des années 90, un mouvement similaire a conduit l'intelligence, non plus à une *trahison des clercs* mais à une *trahison des chairs*. Quatre petites gouttes d'eau versées pour dissoudre les dernières résistances. Une goutte de science-fiction afin de préparer les héritiers de la contestation à l'ère biotechnologique. Une goutte *détournée* de Deleuze et Guattari pour engendrer l'homme-flux. Une goutte de sueur,

1. Dans sa préface de 1946, Julien Benda range la pensée existentialiste du côté des trahisons. Il reprend pour les besoins de sa démonstration une phrase de Sartre citée par Thierry Maulnier dans *L'Arche* en décembre 1945 : « Puisque l'écrivain n'a aucun moyen de s'évader, nous voulons qu'il embrasse étroitement son époque, elle est sa chance unique ; elle s'est faite pour lui et il est fait pour elle. On regrette l'indifférence de Balzac dans les journées de 1848, l'incompréhension apeurée de Flaubert en face de la Commune ; on les regrette *pour eux* ; il y a quelque chose qu'ils ont manqué pour toujours. Nous ne voulons rien manquer de notre temps : peut-être en est-il de plus beaux, mais c'est le nôtre ; nous n'avons que cette vie à vivre, au milieu de *cette* guerre, de *cette* révolution peut-être. » *In* Julien Benda, *La Trahison des clercs*, Paris, Grasset, coll. « Les cahiers rouges », réédition de 1975, p. 82.

histoire de changer la nuit et ses transes en réseaux d'affaires. Enfin, une économie légère, créatrice et spéculative en récompense de cette trahison. Nourri de ce goutte-à-goutte, le corps a cessé d'être le berceau de la révolte. Il s'est voulu corps-capital, sans territoire, sans racine, libéré des contraintes de l'espace et du temps. Une information parmi l'information, conducteur et non plus résistance. C'est là qu'il faut chercher l'origine de la scission entre l'esthétique et le politique, entre l'intelligence et le social, entre la modernité et l'incarnation. Comment expliquer sans ce basculement la condescendance des esthètes à l'égard de la matière ?

L'ASCÈTE, LA PISSE ET LE CYBORG

Pour comprendre cette trahison, j'ai creusé. Souvenirs. Sur le mur, à gauche de mon lit, j'ai épinglé trois tableaux. L'un est de Picasso. Période bleue. L'autre, du Greco. Le troisième, une gravure de Nolde. J'ai ôté les autres images pour ne conserver que ces trois visages émaciés, gueules de fous, joues creuses. C'était une manière de me dire que le temps de l'enfance était bouclé.

J'ai quinze ans. Abstinence, renoncement,

légère anorexie, lecture intensive de tous les livres qui ne sont pas *au programme.* Je porte une veste en daim beige clair, des lunettes ovoïdes. Je méprise les affaires qui occupent les hommes en général : l'achat d'une voiture, les assurances-vie, la famille, le sexe, la famille, les affaires, le football, la mode, la famille, le Téléthon, la routine, l'argent, la famille. Je viens d'apprendre que mon rhésus sanguin s'écrit 0 +, ce qui me permet d'affirmer sans détour que je suis *zéro positif,* donc opprimé et porteur de la maladie des pédés. Mes parents ne comprennent pas. Comment leur expliquer ? Je suis triste de ne pas être malade. J'insiste. *zéro positif*-séropositif, c'est mon pogrom, ma discrimination, une légitimité rêvée pour me ranger du côté des déviants, des parias, des invertis. J'insiste encore. À quelques mètres de ma paillasse, comme un trou dans le mur, les trois visages de Picasso, du Greco, de Nolde dessinent la première conscience du corps dissident : l'ascète. Un être du refus, une plastique lisse. Je le pare de toutes les vertus : la sobriété, si rare ; le retrait ; le dénuement, seule parade au règne de l'abondance. À l'autre extrémité de ma chambre, un genre de pouf a échappé au nettoyage. Il gît là, inutile, avec ses microbilles et son enveloppe en cuir. Crevée. Contrechamp exact de l'ascète : un objet mobilier voué à l'avachissement, une victoire de la société molle. Chaque fois qu'un ami s'y repose, je le vois se tordre, s'affaisser. Le cuir s'imprime en négatif, selon le poids, la morphologie. Il moule parfaitement le laisser-faire, laisser-aller de la chair. J'entends le frottement des microbilles comme une métaphore. Le pouf ! Nouvelle fabrique de l'homme occidental, un tournant de la civilisation. Sous prétexte de libérer les corps de leurs vieilles contraintes, il les dissout en une masse informe. Il faut voir ! Femmes, chiens, enfants. Tout ce qui touche le pouf oublie aussitôt son essence. L'idée de la femme, l'idée du chien, l'idée de l'enfant sont englouties, brouillées, au profit d'une vague idée de la larve, du mollusque, du légume. Les gueules d'ascètes résistent. Elles sont chargées d'un secret. Tourmentées comme le visage d'Artaud, elles paraissent investies du même cri. Elles disent le hurlement du corps contre la double oppression des flux : flux de boyaux, de pisse, flux de merde et de sperme venus de l'intérieur. Jus du pouvoir, de la production, jus du capital imposés de l'extérieur. Ce hurlement m'attire. Artaud lui a donné un nom : « corps sans organe ». Pour moi, l'image d'une parfaite résistance où chaque pixel de l'épiderme entre en guerre contre la double machine de l'industrie et du désir.

Je n'ai pas longtemps tenu l'ascèse. « Les hormones ont leurs raisons que la raison ne comprend pas », m'expliquait le médecin de famille en paraphrasant l'aphorisme le plus médiocre que Pascal ait jamais composé : « Le cœur a ses raisons... ». Le sexe accomplissait son travail souterrain. Il me conduisait vers une autre figure du corps dissident ; celui innommable, honteux, provocateur, infâme qui assume le jus de pisse, de merde, de sperme et d'eau. Celui-là même qui faisait hurler Artaud. J'en traquais l'histoire, un peu maladroitement. La contestation par la chair ne s'enseigne pas à l'école. C'est une affaire d'autodidacte. Je m'habillais au féminin. Je mimais la démarche des putes ; une caricature attendrie avec porte-cigarettes. Style années 20. Je tenais les cubistes pour les premiers déconstructeurs. Ils avaient cassé la ligne en empêchant sa fuite. La psychanalyse leur avait enseigné qu'une chose parlait à l'intérieur qui n'était ni l'âme ni la raison. Un truc, un ça, déchet de perversions et d'enfance. Une machine de guerre contre l'ordre bourgeois. Je découvrais les visages centrifugés de Bacon. J'admirais les *Carolines* de Genet, tapettes héroïques qui avaient affronté la bonne société des Ramblas à Barcelone pour déposer des fleurs sur la pissotière où elles s'étaient aimées. « Les tapettes étaient peut-être une trentaine, je les vis passer. Je les accompagnai de loin. Je savais que ma place était au milieu d'elles, non à cause que j'étais l'une d'elles, mais leurs voix aigres, leurs cris, leurs gestes outrés n'avaient, me semble-t-il, d'autre but que vouloir percer la couche de mépris du monde. Les Carolines étaient grandes. Elles étaient les Filles de la Honte[1]. » Très vite, je quittais *l'urine* enflammée de Genet pour *l'œil* de Bataille[2] : « Pisse-moi dessus... pisse-moi dans le cul..., répétait-elle avec une sorte de soif[3]. » J'effleurais les corps des trans-, des trav-, indéterminés et scandaleux. J'apprenais les expériences des actionnistes viennois, leurs baignades interdites dans les carcasses d'animaux morts. Je me soûlais dans les cabarets de Lautrec. Je feuilletais pendant de longues heures des exemplaires de *Bizarre,* la revue sadomasochiste de John Alexander Coutts.

J'ai voyagé à vue dans cet archipel de proscrits. Un mot conduisait à un autre, à l'infini. « Le beau est toujours bizarre », avait écrit Baudelaire, ouvrant à moi le XIXe siècle pour que j'y croise Sacher-Masoch. *Sade* pour sado, *Masoch* pour masochiste. Deuxième terme de l'équation perverse. La douleur renversée en plaisir et le contrat porté aux extrêmes de sa logique privée.

---

1. Jean Genet, *Journal d'un voleur*, Paris, Gallimard, 1949, coll. « Folio », 1982, p. 72-73.

2. Didier Eribon montre qu'il existe toutefois une profonde différence entre Bataille et Genet. L'un est voyeur et l'autre acteur de la déviance. Voir Didier Eribon, *Une morale du minoritaire*, Paris, Fayard, 2001.

3. Georges Bataille, *Histoire de l'œil*, Paris, Jean-Jacques Pauvert, 1967.

L'ordre public avait du souci à se faire. Les corps dissidents revendiquaient le droit de s'esquinter par consentement mutuel. Je me suis arrêté en terre de Californie, dans les milieux sadomaso, justement. Elvis n'était pas encore mort. Je n'étais pas encore né. Je retrouvais les *Modern Primitives*, dans un livre toujours. Une fenêtre s'ouvrait sur les arrière-salles des restaurants de San Francisco. Leurs performances éprouvaient les canons esthétiques de l'Occident. À l'interdit du marquage corporel, ils opposaient le tatouage, les scarifications, les suspensions par crochet. Le mince filet rouge de la TRANSGRESSION coulait.

J'ai choisi l'ascète par intuition. J'ai exploré l'innommable. J'ai retenu de leurs deux corps – l'un sans organe et l'autre machine désirante – qu'ils ont été pour l'artiste et l'écrivain le lieu d'expression de la résistance. Que dis-je, le lieu ? Une arme pour l'outrage. Depuis, ils n'outragent plus rien. Les héritiers des scènes infâmes ont délaissé la chair. Au milieu des années 90, on n'entendait déjà plus la trans- comme TRANSGRESSION mais comme TRANSFORMATION, CONNEXION, HYBRIDATION. On n'attentait plus à la peau pour provoquer l'Occident, mais pour précipiter son rêve futuriste. On ne s'abreuvait plus du liquide des déjections et des jouissances. On s'injectait d'information. L'ascète et l'innommable avaient trahi. Je les voyais s'éprendre des flux électroniques. En retour, les flux exigeaient qu'ils abdiquent. Ils leur commandaient non seulement d'accepter, mais de désirer le capitalisme. « Ce qui est moderne est bien. Ce qui est fluide est moderne. Donc ce qui est fluide est bien. » Devant ce syllogisme, ils se sont inclinés. Révérence, messieurs. Fin du corps dissident. On suivait en traître et en idiot la ligne définie par Deleuze et Guattari dans *L'Anti-Œdipe.* On avait mal lu. Sans doute la trahison était-elle le fait d'un quiproquo : « Mais quel est le chemin révolutionnaire ? En existe-t-il un ? Se retirer du marché mondial [...] ? Ou cela ne pourrait-il pas être d'aller dans la direction opposée ? Aller bien plus loin, c'est-à-dire dans le sens du mouvement du marché, du décodage et de la déterritorialisation [1] ? » Dans ce loin, nous vivions désormais, là où le corps dissident avait endossé l'idéal du capital.

Les signes de cette trahison, je les ai vus conquérir l'avant-garde comme un virus de gastro-entérite. Une machine puis l'autre, organe après organe. À Williamsburg, là où il y a encore des hangars la bouche ouverte qui regardent Manhattan, j'ai assisté au printemps 1999 à un concert de Pan-Sonic [2], un duo de musiciens

1. Gilles Deleuze et Félix Guattari, *L'Anti-Œdipe*, Paris, Éditions de Minuit, 1972.

2. Pan-Sonic à l'époque s'appelait encore Panasonic. Le duo a été contraint de changer de nom pour ne pas risquer une confusion avec l'entreprise de hi-fi du même nom.

électroniques suffisamment connu pour attirer la petite colonie des artistes new-yorkais. La scène était une salle des fêtes impersonnelle. On y servait de la mauvaise bière. Le son ? Des parasites extrêmes crachés par deux ordinateurs portables. Quelques minutes avant le concert, je m'étais entretenu avec les musiciens. Pas très loquaces. « Nous aimons bien les machines qui déraillent. » Un critique d'art local écoutait l'interview, visiblement énervé. Des montures carrées lui donnaient des airs d'intellectuel. Comprenant que j'étais français, il ne put s'empêcher de donner un avis... philosophique. « Traditionnellement, nous concevons le corps comme un réseau d'organes ayant chacun une fonction. La musique de Pan-Sonic ne s'adresse pas à ce corps-là. Elle se bat pour faire advenir le corps sans organe tel qu'il a été défini par Artaud, Deleuze et Guattari. Écouter Pan-Sonic consiste en une expérience de la désincarnation. C'est un son de la déterritorialisation [1]. » Je me suis retenu de rire. Qu'est-ce que le corps sans organe venait faire là, si loin de ses hurlements ? Je n'ai pas posé la question. C'était le rôle du chroniqueur culturel, après tout ; un merveilleux révélateur des manies d'époque. En l'occurrence, nous en étions là ; à l'heure de la désin-

1. Voir aussi David Rieder et Matthew Levy, *Enculturation*, vol. 3-1, Post-Digital Studies, printemps 2000, http://enculturation.gmu.edu.

carnation et du démembrement. Il me suffisait d'écouter. Bientôt, je ne sentirais plus rien. Adieu espace-temps, bonjour vitesse.

Un peu plus tôt dans la journée, j'avais rendu visite au Fakeshop, un collectif de jeunes chercheurs aujourd'hui dissous. Ils travaillaient à une performance sur le thème du corps sans organe. Précisément. Des plaques de tôle ondulée servaient d'entrée. Sur une banquette en forme de cercle, des performers fixaient leur regard dans des caméras de surveillance, leurs pupilles étant projetées sur des écrans diamétralement opposés. Il ne s'agissait pas d'une simple tendance new-yorkaise. Le fantasme du corps sans organe *connecté* faisait recette. On s'appropriait Artaud, non pour son refus, mais pour la fusion technologique qu'il rendait possible. Une bêtise. Un anachronisme. Absolument pas, répondait l'esprit du temps. Le corps sans organe était la préfiguration de la chair-interface, l'avènement de l'homme-écran-plat-coins-carrés.

Deux semaines auparavant, à Paris, j'avais eu une longue conversation avec Luka Zpira, un performer cyberpunk implanté de six billes en polytétrafluoréthylène dans le plexus. Il avait fondé un laboratoire d'hybridation à Avignon : *Body-Art,* un genre de vaisseau spatial où la petite communauté des mutants européens venait faire ses emplettes biomécaniques. Je l'avais retrouvé dans une chambre de l'hôtel Ibis, près de la Bastille, à Paris. Il portait des chaussures qui auraient donné aux Creppers des airs de Clarks. Vingt centimètres d'épaisseur. Modèle robot. Introuvable dans le commerce. À peine étais-je entré qu'il avait lancé un morceau d'*ambiante* comme pour m'ouvrir les portes d'un quelconque cyberespace. « Ma modification a commencé dans l'esprit. Je suis passé par une période d'autodestruction. J'étais punk. Si je survivais, il me fallait une raison de vivre. J'ai commencé par un tatouage sur le bras et l'épaule. Ma vraie mutation, c'est quand je me suis posé les implants sur le torse et des dents en chrome-cobalt. Aujourd'hui, j'aimerais appliquer des technologies à mon corps afin de ne plus être asservi par la machine. » Mirages ! Voilà donc à quoi conduisait le punk. Luka était la preuve vivante du terrible aveuglement de Greil Marcus, le biographe officiel de la contre-culture ; le chemin qui partait de Johnny Rotten et de Sid Vicious conduisait moins aux dadas qu'au DATA. Du tournant punk, à la fin des années 70, Marcus n'avait retenu que la négation : « Il n'y avait plus de manteaux, alors les gens ont commencé à s'habiller de déchirures et de trous, avec des épingles à nourrice et des agrafes à travers la chair aussi bien qu'à travers le tissu [...]. Il y avait eu un renversement de perspective, de valeurs : le sentiment que tout était possible, une vérité qui ne pouvait être prouvée que par la négative. Ce qui avait été bon – l'amour, l'argent et la santé – était maintenant mauvais. Ce qui avait été mauvais – la haine, la mendicité et la maladie – était bon désormais[1]. » Depuis les années 80, les corps contestataires du punk, du moins ceux qui avaient survécu, avaient appris leurs leçons de science-fiction : je suis, tu es, nous sommes de l'information. Le corps est de l'information. Le biologique se connecte au machinal. Les deux règnes se fondent en un. Il n'y a plus ni de moi, ni de ça, ni de surmoi, mais des machines organiques et technologiques connectées entre elles. C'était une échappatoire convenable à la haine de soi. Format C l'amour : un tel déchargement sans control alt supprimera nos downloads futurs – C le virus qui staphylocoque dorénavant notre abattage en réseaux – Les hypertextes nous laissent perplex – plex – plex – plexcitation de nos itérations – les revirus un jour ? Je m'en tamponne S – tampomme S – tampomme S – je souhaitais vous informat C l-amour qu'-il n'-existe point de non-retour – Notre immuno-logique est insensée alors laissons-nous infiltrer et buvons-oui-buvons-à-notre-dissolution.

Les livres de William Gibson, l'un des écri-

1. Greil Marcus, *Lipstick Traces*, Paris, Allia, trad. fr. par Guillaume Godard, 1998, p. 84-85. La première édition a été publiée aux États-Unis en 1989.

vains américains cultes du cyberpunk, étaient passés par là. Ils avaient laissé derrière eux un imaginaire de greffes et de connexions matricielles ; un subtil conditionnement à l'ère de l'information. Gibson s'était emparé des corps dissidents. Ils les avaient plaqués au sol avec une telle force qu'il n'en était resté que des moniteurs 19 pouces. Dans *Neuromancien*, il évoquait moins la négation par l'épingle à nourrice que l'univers de l'implant fonctionnel. On y trouvait une galerie de clichés posthumains où les barmen étaient augmentés de prothèses et les rabatteuses ressemblaient au réseau câblé. « Ratz officiait au comptoir, avec son bras artificiel qui tressautait sur un rythme monotone pour remplir les chopes de Kirin-pression[1]. » Et puis... « Elle avait vingt ans. De nouvelles rides de douleur commençaient à se creuser, permanentes au coin de la bouche. Ses cheveux bruns étaient ramenés en arrière, retenus par un bandeau de soie imprimée. Le motif aurait pu représenter des microcircuits ou le plan d'une ville[2]. » *Neuromancien* résumait parfaitement la condescendance de l'esprit du temps à l'égard de l'incarnation. « Dans les bars qu'il [Case, le héros] fréquentait au temps de sa gloire, l'atti-

1. William Gibson, *Neuromancien*, Paris, J'ai lu, 1988, première partie : « Le blues de Chiba », trad. fr. par Jean Bonnefoy, p. 5.
2. *Ibid.*, p. 14.

tude élitiste exigeait un certain mépris pour la chair. Le corps, c'était de la viande[1]. » Et moi qui entendais par ailleurs le discours des gens de l'art et des lettres... Tout coïncidait, curieusement. L'avenir de Gibson était mon présent. Le mépris pour la chair n'était plus une fantaisie de SF, mais l'idée en vogue de la mondanité globale. Il n'était plus dénoncé comme un ressentiment. Il était glorifié. Un genre de nietzschéisme chic, niais et technoïde[2]. « Il se rappela l'odeur de sa peau dans l'obscurité surchauffée d'un cercueil près du port, les doigts crochés dans le bas de son dos. Il songea : toujours la viande avec ses exigences[3]. » Case venait de baiser Mona. Je sortais de mon rendez-vous avec Luka Zpira. La contre-culture et l'avant-garde reprenaient en chœur un refrain aux sonorités étranges : Parachevons l'évolu-

---

1. *Ibid.*, p. 9.

2. Paul Ardenne, dans *L'Image corps*, évoque deux autres raisons à ce courant *disparitionniste* : « [L'esthétique de la disparition des corps] s'explique aussi par la haine de soi, la culpabilité qu'entretient et couve l'Occident. Principe de la conscience malheureuse, fascination dialectique pour le négatif, amour sacré de la dégradation de soi, désir impénitent de la castration [...]. Elle est aussi le résultat d'une situation de satiété, un écœurement devant le trop-plein du don figuratif. » Paul Ardenne, *L'Image corps : figure de l'humain dans l'art du XX*e *siècle*, Paris, Regard, 2001, p. 443-444.

3. William Gibson, *Neuromancien*, *op. cit.*, p. 14.

tion. Dissolvons-nous dans le grand flux cybernétique. Laissons la réalité derrière nous [1].

LE FLUX, C'EST CHIX

À l'origine de cette trahison, il y a un tableau. Encore un. Il n'est ni de Picasso, ni du Greco, ni de Nolde, ni de Bacon. Jamais je ne l'ai épinglé aux murs. Jamais je ne l'ai aimé comme les ascètes et les corps innommables, mon archipel de proscrits. Il était de Richard Lindner et titré *Boy with Machine.* Il avait été livré en 1954. Il montrait un ado en culotte courte, le visage rondelet, le tronc ancré au sol par deux énormes jambons-cuisses, le tout imbriqué dans les rouages d'un puissant appareil composé d'écrous et de manivelles. Un stock de chair fraîche posé sur le tronçon d'une chaîne industrielle. *Boy with Machine* était aussi l'image par laquelle s'ouvrait *L'Anti-Œdipe.* Le tableau y était décrit en ces termes : « Un énorme et turgide enfant, ayant été greffé, faisant fonctionner une de ses petites machines désirantes sur une grosse machine sociale technique [2]. » Le trait

1. Slogan du collectif d'artistes digitaux Etoy.
2. Gilles Deleuze et Félix Guattari, *L'Anti-Œdipe*, *op. cit.*, p. 13.

remarquable du turgide enfant, quoiqu'il n'ait pas été relevé par Deleuze et Guattari, c'est qu'il souriait. Il souriait d'un sourire figé, béat ; un sourire qui disait que le temps du duel entre le corps et la machine était terminé. Bientôt, le corps ne serait plus prolétaire. Il ne souffrirait plus ni du travail ni du capital. Le turgide enfant souriait car il avait compris quelque chose que ses contemporains ne pouvaient pas même entrevoir. Il savait – et son obésité en était témoin – qu'il était lui-même une machine parcourue par des flux, perméable, transpercée en amont, en aval. Ni ascète, ni trans-, ni inverti, ni infâme, ni dissident, mais machine parmi les machines parmi les machines parmi les machines, opérateur, enregistreur, producteur, de la bouche aux sphincters. « Ainsi la machine-anus et la machine-intestin, la machine-intestin et la machine-estomac, la machine-estomac et la machine-bouche [...]. Poches des eaux et calculs du rein ; flux de cheveu, flux de bave, flux de sperme, de merde ou d'urine qui sont produits par des objets partiels, constamment coupés par d'autres objets partiels, lesquels produisent d'autres flux, recoupés par d'autres objets partiels [...]. Sans doute, chaque machine-organe interprète le monde entier d'après son propre flux, d'après l'énergie qui flue d'elle[1]. »

L'Anti-Œdipe, malgré soi, paraît le flux d'élé-

1. *Ibid.*, p. 12.

gance. Quel beau parallèle que cette incantation machinale du corps renonçant à son intégrité pour ne se voir plus que comme une somme d'organes transformateurs. « Le capital est bien le corps sans organe du capitaliste, ou plutôt de l'être capitaliste. Mais comme tel, il n'est pas seulement substance fluide et pétrifiée de l'argent, il va donner à la stérilité de l'argent, la forme sous laquelle celui-ci produit de l'argent. Il produit la plus-value, comme le corps sans organes se reproduit lui-même, bourgeonne et s'étend jusqu'aux bornes de l'univers [1]. » C'était sans doute ne rien comprendre à l'œuvre de Deleuze et Guattari que d'y déceler une cosmétique favorable au capitalisme. Cela dit, il n'est pas rare que la postérité d'une œuvre se fonde sur un contresens. « Il n'y a pas une idée importante dont la bêtise sache aussitôt faire usage », écrivait Musil. Je peux en témoigner. Citation après citation. Le monument critique était détourné de son sens. Une fois les flux de capitaux associés au bel Antonin, le fou, le révolté, le passager clandestin du surréalisme, la voie royale du contre-sens était ouverte. L'argent prenait des airs de supplicié... On avait libéré le corps. Il fallait libérer le capital. On avait aboli le corset. Restait à débarrasser les marchés financiers de leurs contritions. Glamour. Oui ! Le capital devenait glamour. Sexy. Fashion. En

---

1. *Ibid.*, p. 16.

vogue. Une peau neuve, exquise. Un visage éblouissant. Une taille fine. Des pommettes adorables. Et ces yeux, regardez-moi ces yeux ! Une merveille. Même le texte était beau. Deleuze et Guattari n'étaient pas seulement philosophes. De merveilleux conteurs. Un vrai talent. Des écrivains, bon sang ! Écoutez le rythme, le souffle : « Il produit la plus-value, comme le corps sans organes se reproduit lui-même, bourgeonne et s'étend jusqu'aux bornes de l'univers. » Le verbe convertit mieux que tous les savants. Et ce verbe-là avait du souffle. On ne comprenait pas tout. Peu importe. On avait saisi l'essentiel : celui qui jouissait des écoulements de chair ne pouvait condamner les écoulements d'argent sans renier une partie de lui-même. *L'Anti-Œdipe* ne mobilisait pas qu'Artaud. Il citait les meilleurs. Henry, pour commencer. L'Américain outrancier. L'ogre. Une force de la nature, celui-là. Henry pour Miller. Un proscrit, lui aussi. Un écrivain de plus que l'Europe avait transformé, de clochard en clochard céleste, de scribouillard immonde en écrivain immense. Il fallait bien reconnaître ce mérite au Vieux Continent. La bienveillance qu'il ne manquait jamais d'accorder aux étrangers maudits : « J'aime tout ce qui coule, même le flux menstruel qui emporte les œufs non fécondés, et mes entrailles s'épandent en un immense flux schizophrénique, évacuation qui me laisse face à face avec l'absolu[1]... » Absolu, aux bornes de l'univers, flux menstruel et flux de capital, orgasme financier. Le désir est un flux. Aimez le désir. Aimez le flux. Désirez l'économie du désir. Désirez votre flux et celui de l'autre ! Buvez votre pisse, enrichissez-vous. Léchez-vous. Sucez les femmes et les hommes. Sucez leurs avoirs et leurs êtres sans distinction. Et cette bourse, donnez-la-moi, que je la fripe, que je la caresse, que j'en joue, que j'en jouisse.

À l'époque où *L'Anti-Œdipe* fut livré, en 1972, le conflit était encore possible. L'ascète – corps sans organe – se battait. Il refusait ses écoulements. De son côté, le corps innommable des trans-, des trav-, des invertis, des monstres – machine désirante – croisait le fer de la morale[2]. C'était avant. Avant que l'âge de l'industrie lourde et des stocks ne soit remplacé par l'économie de *l'immatière* et des réseaux. Avant que les managers, les consultants, les étudiants des écoles de commerce, les artistes, les publicitaires, les critiques, les journalistes, les philosophes, les directeurs en ressources humaines, les chefs de rayon et les chefs de produit, les

1. Henry Miller, *Tropique du cancer*, Paris, Denoël, 2000, trad. fr. par Paul Rivert, chap. XIII.

2. « Aux machines-organes, le corps sans organes oppose sa surface glissante, opaque et tendue. Aux flux liés, connectés et recoupés, il oppose son fluide amorphe indifférencié », *in* Gilles Deleuze et Félix Guattari, *L'Anti-Œdipe*, *op. cit.*, p. 15.

chercheurs les investisseurs, les consommateurs, ne boivent la ciguë du *capitalisme informationnel.* Je parle de ciguë, non pas tant pour dire qu'il s'agit d'un poison que parce que, comme elle, la société de l'information conduit à un oubli du corps. J'avais au moins retenu cela de mes cours de philosophie : « Aujourd'hui, LA MORT DE SOCRATE ». Autre souvenir. Je suis admis au lycée Henri-IV. La salle est inclinée. Paraît-il qu'on y forme l'élite. Ça tombe bien, je suis élitiste. Très vite, j'apprends que les deux termes n'ont d'autres liens que l'étymologie. L'élite est décevante, médiocre, vulgaire. Le sublime, l'élégance, la dignité, tout est ailleurs, une perle au milieu des algues. Dans la cour du Méridien, l'ombre d'Althusser mort donne au soleil un air maussade et marxiste. On est assis, deux par bureau. Des tags sont gravés dans le bois des tables. *Love de X à Y/La bière, ça fait pisser/C'est quoi la différence entre rien et tout/Votez PS/ PSG/OM.* Les élèves se taisent. Ils sont aussi cons ici qu'ailleurs. La buée aux fenêtres indique que c'est l'hiver. Dehors, quelques amis jouent au basket. Je sais que le professeur a écrit un livre précieux sur les rapports entre peinture et philosophie. Il dit des choses imagées comme : « Le rugby est une métaphore de l'éducation, car il oblige à avancer en faisant des passes vers l'arrière. Le foot n'est la métaphore de rien. » Il a des théories intéressantes comme : « La naissance de la perspective a préparé le Je cartésien et l'avènement du SUJET en indiquant qu'il n'y a qu'un point unique d'où l'on puisse observer la toile. » Il est parfois un peu triste : « Les écrits de Pascal empruntent aux *Vanités* : la vie rongée par la mort comme un crâne qui vous regarde. » Quant à la leçon sur *LA MORT DE SOCRATE*, j'en ai gardé l'image des pieds qui refroidissent, puis les mollets, puis les cuisses, le bassin, le bas-ventre, la poitrine, le cœur, jusqu'à ce que l'âme soit elle aussi devenue insensible. La ciguë du corps-flux provoque elle aussi cet étrange envoûtement par lequel les êtres *technologiquement* avancés oublient non seulement leur propre incarnation – ce qui ne me regarde pas –, mais nient l'incarnation des autres [1].

---

1. « Cela nous paraîtra sans doute difficile à concevoir, mais la moitié des membres de l'espèce humaine n'a jamais utilisé un téléphone de sa vie [...] Deux civilisations sont en en train de se développer côte à côte, celle des habitants privilégiés de l'univers électronique et celle des majorités pour lesquelles les portes du cyberespace restent hermétiquement closes [...] 65 % des habitants de la planète n'ont jamais effectué un appel téléphonique de leur vie et 40 % d'entre eux n'ont pas accès au réseau électrique. Il y a plus de lignes téléphoniques à Manhattan que dans toute l'Afrique subsaharienne. » Jeremy Rifkin, *L'Âge de l'accès*, Paris, La Découverte, 2000, p. 23, 296.

Je me souviens particulièrement d'une expression entendue mille fois, dont la résonance s'est amplifiée sans cesse dans les cercles étroits de la mondanité globale. À New York, à Londres, à Paris, à Tokyo, à Milan, à Barcelone. « Je suis totalement schizo. – Schize ! On dit schize. Pas schizo. Schizo, c'est *has been*. – *Scheeze*, *skeeeeze*, voilà ! Oui c'est ça. » Je ne saurais dire combien de fois ce petit mot ridicule m'a écorché l'oreille. En anglais, en français, en italien, en espagnol. Il n'était jamais prononcé sans un brin de satisfaction, avec le petit sourire malin des esclaves volontaires. Il laissait entendre que oui, on était débordé et fier de l'être. La vie moderne, vous savez. Trois emplois à la fois. L'instabilité permanente mais assumée. La précarité retournée contre elle-même. Ce mot, je l'ai entendu de la bouche d'un businessman pressé à l'aéroport de Kuala Lumpur, d'une critique de cinéma avant et après la projection, d'un *art director* à quelques jours du bouclage de son magazine, d'un comédien qui avouait être toujours entre deux films, entre deux rôles, entre deux femmes, entre deux lui. Avec la *scheeze*, il importait d'être nomade sans jamais avoir le mal du pays. Toujours dans l'avenir immédiat, jamais dans le présent. Avec la *scheeze,* le truc, c'était d'avoir des avatars de soi-même éparpillés à droite – à gauche. En différé quelque part, en direct autre part. La *scheeze* disait la déconcentration de l'esprit à l'heure du corps fluide. Elle ne coïncidait pas avec la schizophrénie, qui est un cas clinique. La *scheeze* était l'autre nom du bonheur pour l'élite artistico-capitaliste liquéfiée. Ceux qui avaient lu *L'Anti-Œdipe* n'avaient pas de quoi être surpris. Deleuze et Guattari l'avaient prévu. C'était même le cœur de leur livre. « Le schizophrène se tient à la limite du capitalisme : il en est la tendance développée, le surproduit, le prolétaire et l'ange exterminateur [1]. » Trente ans plus tard, on ne disait plus schizo mais *scheeze*. On ne s'en plaignait pas comme d'une maladie. On le criait sur les toits. Ce n'était plus la marque des prolétaires, mais des seuls anges exterminateurs. Comment en aurait-il été autrement ? Les interfaces d'ordinateurs, les messageries électroniques, les réseaux informatiques ne peuvent transporter le jus de pisse, de sperme et de merde. Ils laissent l'incarnation sur la bande d'arrêt d'urgence de leurs autoroutes. Le *scheeze* de la société de l'information ne peut trimbaler avec lui que la plus fine partie de son être. Des mots, des images, du son. Parfois une petite valise de cabine montée sur roulettes. Le strict minimum de voyage, autrement dit. Les malles de cuir épaisses, les cartons à chapeaux, les garde-robes prévues pour de longues

1. Gilles Deleuze et Félix Guattari, *L'Anti-Œdipe*, *op. cit.*, p. 43.

absences rejoignaient paradoxalement les porteurs de valises, les chaînes de l'industrie lourde, la main-d'œuvre, les machines-outils. Vieilleries inutiles. Recalées par la nouvelle économie. Discréditées par la nouvelle modernité. L'absence, en fait, se voulait permanente. Plus une parenthèse mais une ligne de vie tracée dans une paume de silicone.

MOI, UN *SCHEEZE* !

La *scheeze* heureuse était fille d'un amour entre le fantasme fluide issu de la contre-culture et le credo des nouveaux entrepreneurs. Il n'y avait qu'à se plonger dans la littérature de l'époque pour en prendre la mesure. Jeremy Rifkin, la pythie engagée du capitalisme d'avant-garde, annonçait la venue d'un nouvel Homme. Je n'apprécie guère ce genre de prophétie, mais je dois avouer m'y être, d'une certaine façon, reconnu. Moi, un *scheeze* ! « Les individus du XXIe siècle auront sans doute plus tendance à se percevoir comme des points d'intersection sur des réseaux d'intérêt commun [un peu moi] que comme des agents autonomes luttant pour leur survie dans un monde de concurrence darwinienne [pas moi du tout]. Leur conception de la liberté personnelle ne sera plus fondée sur leurs droits de propriété et leur capacité d'en exclure leurs semblables, mais plutôt sur le droit d'être intégré à des relations réciproques [complètement moi]. Ils feront partie de la première génération de l'âge de l'accès[1]. » Le livre de Rifkin venait juste d'atteindre les rayons des librairies. Pile au bon moment. En plein boom technologique. Je sortais d'une exposition à Paris intitulée *Gravité 0* où j'avais assisté à une performance : des flocons artificiels tombant sur le corps dénudé de Malaury Nataf[2]. « De nos jours, continuait Rifkin, l'idée de mesurer la valeur des ordinateurs en fonction de leur poids serait considéré comme parfaitement loufoque, surtout quand on sait qu'une carte de vœux dotée d'une puce contient plus de puissance informatique qu'il n'en existait sur la totalité de la planète en 1945. » En sortant de l'exposition, je notai sur un carnet : « Fantasme idiot. Réalisation minable. Gravité 0 porte bien son nom. 0. » J'avais été un peu injuste. Après tout, c'était une tentative salutaire de représenter la chose : une humanité aussi légère que l'air. « Nous sommes en train d'assister à l'émergence d'un nouveau type d'êtres humains. Complètement à l'aise

1. Jeremy Rifkin, *L'Âge de l'accès*, *op. cit.*, p. 21.

2. Malaury Nataf s'est fait connaître pour ses apparitions répétées dans un sitcom culte de la fin des années 90, *Le Miel et les abeilles*. Elle a aussi fait scandale en se présentant sans culotte sur un plateau de TF1.

dans le cyberespace, où ils passent une partie de leur vie [...], ils sont habitués à la gratuité des softwares [en effet...] Ils vivent dans un monde de spots de sept secondes, sont accoutumés à avoir accès quasi instantanément à toutes sortes d'informations [certainement], n'ont pas une très grande capacité de concentration et se montrent plus spontanés et moins réfléchis que les générations précédentes [poncif, mais après tout, Rifkin doit approcher de la soixantaine]. Ils conçoivent leur activité professionnelle comme un jeu et préfèrent être perçus comme des créateurs plutôt que comme des bons travailleurs [je confirme]. Ils ont grandi dans un monde de travail "juste-à-temps" et sont habitués aux emplois temporaires [certes]. Leur langage est fait d'images plus que de mots [...] [mais encore ?] Ils passent autant de temps en compagnie de personnages de fiction [en effet] [1]. » La prophétie de Rifkin compilait tous les ponts aux ânes de la virtualité. On n'était pas loin du genre de phrases qui s'entendent dans les boulangeries, alors qu'on est juste venu acheter une poignée de chouquettes : « Ah ! Vous savez, les gamins d'aujourd'hui ne font plus la différence entre leurs foutus jeux électroniques et l'monde qui les entoure. Faut pas s'étonner après qu'ils ne respectent plus rien. » Flaubert appelait ça les idées reçues. Il en avait

1. Jeremy Rifkin, *L'Âge de l'accès*, *op. cit.*, p. 45.

horreur. Je devais pourtant concéder que ni Rifkin ni la boulangère ne se trompaient complètement. Depuis l'introduction des trois lettres www dans le dictionnaire des comportements, il était clair que notre rapport au monde avait changé.

Comme les autres *scheeze,* je me mettais à tenir des discours actuels ; le genre de péroraison qui vous vaut un passe-droit pour la bonne société : médias, télévision, radio, cinéma. Je tiens ici à faire quelques remarques de forme. On appelle « discours actuel » une série de *pitchs*. On appelle *pitch* l'exercice oratoire consistant à présenter une idée forte de l'époque à des fins alimentaires, que ce soit pour vendre un article, vendre une campagne publicitaire, vendre une émission de télévision, une exposition d'art contemporain ou un projet d'entreprise. On nomme *pitcher* l'auteur du pitch et *pitché* le récepteur du *pitch*. L'important, dans ce genre d'exercice, consiste à n'être ni trop en avance ni trop en retard. Avant, vous êtes incompris. Après, vous êtes foutus. Dans les deux cas, l'idée est refusée. « Il y a un temps pour tout pitch » est la règle numéro 1 du *pitcher*. Pour comprendre ce premier principe, il faut savoir qu'une idée ne vaut pas par sa justesse, mais parce qu'elle est énoncée de la bonne manière au bon moment. Ce qui me permet d'en venir à la règle numéro 2 : « le pitch est variable ». Il faut au *pitcher* adapter la manière et le moment du *pitch* en fonction de ses interlocuteurs. On appelle *pitch hermétique* celui qui s'adresse à un fin connaisseur et va brouiller au maximum son discours afin que le récepteur soit convaincu du caractère visionnaire de l'idée. Le style adopté est celui de l'évocation. Une manière un peu poète peut même se révéler utile. Au contraire, on appelle *pitch pédagogique* celui qui s'adresse à un non-initié. Par exemple, un banquier vous reçoit pour financer une entreprise liée à un phénomène de génération. La présentation devra être claire, didactique, limpide. Il existe bien évidemment une infinité de *pitchs*, et c'est à chacun selon sa sensibilité, son vocabulaire et son style. Le *pitch malin,* qui s'ouvre avec une petite anecdote bien sentie capable d'attirer la curiosité du *pitché.* Le *pitch express*, conçu pour convaincre son interlocuteur entre le 3e et le 34e étage d'une tour de La Défense. Le *pitch physique*, qui use du sex-appeal pour séduire. Le *shy pitch,* où le pitcher se montre délibérément timide. Enfin, le *humble pitch*, réservé aux personnes connues mais qui ont su rester simples.

Vers le milieu des années 90, une grande majorité des *pitchs* surfaient sur le fantasme fluide. Moi-même, j'avais ouvert le bal en *pitchant* le concept de *transversalité.* Je disais : Regardez, toutes ces boutiques aux fonctions polymorphes ! Débits de boissons et vente de fringues, galeries d'art et vente de chaussures, bar-tabac et massages thaïlandais, boîtes de nuit et clubs de remise en forme. Les vieilles catégories de l'être et de l'avoir volent en éclats. Grâce aux liens URL, les frontières disparaissent et nous transforment non plus seulement en maîtres et possesseurs de la nature, mais aussi en contrôleurs aériens, maîtres du temps et de l'espace. Nous sommes *simultanément* des artistes, des musiciens, des DJs, des réalisateurs, des producteurs, des publicitaires et des représentants de commerce. Je collectais des arguments tous azimuts afin de prouver que oui, le corps humain était désormais une plate-forme précaire et provisoire, vivant à mi-chemin du virtuel et du réel, dans un temps débrayable où l'immédiat déclinait jusqu'au lent sans jamais passer par la case statique. Biologie : la vie est de l'information. Seule l'information résiste à l'entropie. Le flux d'information, donc, c'est la vie, et ceux qui s'y opposent sont des hérauts de mort. Physique : la matière n'existe pas. La matière est de l'information cristallisée. Elle est instable, vouée à un déséquilibre constant. Donc, nous qui sommes de la matière, par conséquent de l'information, nous sommes tous aussi instables. Physique encore : l'espace n'existe pas. Il n'est que du temps cristallisé. Donc, nous qui nous incarnons dans l'espace, nous sommes aussi du temps cristallisé, et il ne tient qu'à nous de nous dissoudre. J'avais rêvé d'être déraciné, fils de rien, vagabond, inconnu. Le réseau www nous ouvrait la voie de la fausse errance, du simili-anonymat. Il était le lieu de prédilection pour les corps sans organe. L'ascète que j'admirais, l'innommable que j'avais exploré oubliaient d'un seul coup leur projet. De l'être contre, ils devenaient des êtres pour. Pour l'instable. Pour la transformation, l'hybridation et le dédoublement. Pour le flux, pour les réseaux. Pour le temps contracté au seul temps réel. Pour LA TRANSVERSALITÉ. J'avoue m'être pris au jeu de cette trahison des chairs.

UNE BULLE DE SAVON

Le cyberpunk avait porté la haine de la chair et l'idolâtrie technologique. *L'Anti-Œdipe* avait conduit la petite intelligence à saluer les corps-flux. J'arrivais à la troisième phase du goutte-à-goutte. Comment la mythologie de la nuit avait-elle préparé le triomphe des réseaux ? Mythologie-mythomanie où des êtres de rien s'imaginent demi-dieux. Nuit des dérives psychotropes où, de créature à créature, mille mensonges sont confiés comme des vérités. Nuit artificielle des années 80, quand le travestissement est devenu plus réel que la réalité. Cette nuit-là désormais était accessible au grand jour, au cœur du capitalisme même, dans les faubourgs de l'infosphère. Le *simulacre* n'y était pas condamné. Baudrillard avait beau s'accrocher à sa haine du faux. Ses idées étaient mortes et enterrées. Les artistes fêtaient leur nouvel espace, mélange d'électronique, de rêve cybernétique, de réalité virtuelle et d'avatars. Il n'y avait plus grand-chose à critiquer. On n'avait plus qu'à jouir. C'est ainsi que Gilles Châtelet, le mathématicien, le professeur, le philosophe, l'ami spirituel, avec la belle lucidité de celui qui se sent grignoté par la mort, avait relu l'album de ses nuits trentenaires. Il avait usé de termes un peu passés, un peu *énarques.* N'empêche. Tout était déjà là. À l'orée des années 80. Un dimanche du mois de novembre 1979, exactement. *La soirée rouge et or du Palace.* Le corps bascule. L'idée horizontale des réseaux considérés comme seul pouvoir advient. « Décidément, qui n'aura pas connu la fin des années 70 n'aura pas connu la douceur de vivre, ce frisson d'escarpolette où l'Histoire balance entre un Ancien Régime et les fracas d'une révolution. Pour beaucoup ici, ce soir, Paris, l'Europe, la planète entière seraient aussi légères qu'une bulle de savon : le principe de la Nuit savait que le maître n'est pas tellement celui qui possède mais celui qui peut déclencher, le gardien du feu des seuils et des pivotements, capable de susciter des milliers de gestes. » Gilles Châtelet savait que la révolution en cours était celle du libéralisme, de Thatcher, de Reagan et des conservateurs. Il ignorait par contre que leur descendance était assurée. Déjà la sueur de la danse se mélangeait aux flux d'information. La nuit, n'était-ce pas ce moment où la propriété n'est rien au regard de l'accès ? Le Palace, c'était du Rifkin avant l'heure, du Gibson avant l'heure, les bas-fonds transformés en tremplin VIP. Le royaume magique des corps déviants, hybrides et trans- se préparait pour l'ère digitale. C'était un genre de web-Tuesday encore festif. Plus pour longtemps. Le Palace avait abrité la dernière des nuits, disait-on... Dans les années 90, on ne fêtait plus rien. On s'*upgradait* hiérarchiquement. On se plaçait. Ce qui avait été un exploit, pour Fabrice, le prince de la nuit – « donner du swing à la collision des mondes de l'Argent, de la Mode, du Savoir, et même faire que les plus audacieux des sans-monde puissent épicer le potage du grand monde[1] » – était désormais un exercice quotidien. Les corps étaient prêts à recevoir la récompense de leur trahison. Tout était en place. Les cyberpunks, le corps flux, les réseaux de la nuit. Il ne restait au capitalisme qu'à accomplir sa

1. Gilles Châtelet, *Vivre et penser comme des porcs*, *op. cit.*, p. 24.

révolution pour attirer à lui tous les héritiers de la dissidence.

RÉCOMPENSE

À la fin des années 90, la seule lecture des journaux confortait le grand fantasme du fluide. J'apprenais que la firme américaine IBM se débarrassait progressivement de ses bureaux pour privilégier le travail itinérant d'agents autonomes, connectés entre eux. Ils appelaient ça l'*hôtelage* : les salariés devaient désormais réserver leurs postes de travail au gré de leurs déplacements. Selon une enquête de la *Harvard Business Review,* en associant l'*hôtelage,* la fermeture des bureaux sous-utilisés et le transfert de certains sièges dans des sites moins coûteux, IBM avait réalisé 1,4 milliard d'économie immobilière. Je lisais aussi que l'heure était à la disparition des stocks ; la General Electric, par exemple, un mastodonte de la vieille économie américaine, avait, en dix ans, fermé vingt-six de ses trente-quatre entrepôts aux États-Unis, et remplacé vingt centres de services aux consommateurs par une seule unité centrale de service clientèle [1]. Les

---

1. Kevin Kelly, *Out of Control, the Rise of the Neo-Biological Civilization*, Reading, Addison-Wesley, Massachusetts, 1994, p. 20.

grandes maisons de disques annonçaient la mort des supports musicaux au profit d'une diffusion en ligne. D'après l'agence de conseil Marketing Tracking International (MTI), en 2020, la diffusion sur Internet représenterait plus de 20 % du total des ventes de musique dans le monde. Pour expliquer cette mise en apesanteur de l'économie, l'esprit du temps avait ressorti une loi de la préhistoire informatique. La loi de Moore. Celle qui enseigne que la capacité de mémoire des ordinateurs double chaque année [1]. Dans son dernier livre, *One Market under God,* Thomas Frank, l'un des observateurs les plus raffinés du marketing américain, a décrit minutieusement les rêves que la loi de Moore a fait naître. « Des éditos de *Wired* et de *Forbes* aux téléconférences d'hommes d'affaires, des séminaires de motivation extatiques, la rumeur parlait de la miraculeuse avancée. [...] Le businessman s'était libéré des contraintes du vieux monde ! Le produit national du pays [...] n'avait jamais été aussi léger. On négociait plus des idées que des choses ! Même la police fédérale ne pouvait plus ramener l'économie sur la terre [2]. »

La loi de Moore enfermait une seconde fois l'esprit dans un seul devenir. Elle le bloquait, le

1. La loi de Moore a été énoncée pour la première fois par l'ingénieur Gordon Moore en 1964.

2. Thomas Frank, *One Market under God*, New York, Anchor Books, 2001 (trad. fr. par l'auteur).

figeait, le ligotait. *Schlak* : un verrou se ferme. On passe d'une prison à l'autre. Du désespoir de l'enfermement à l'emprise du fluide. Le mécanisme de la trahison tel que Julien Benda l'avait défini restait inchangé : l'esprit invente des lois pour expliquer l'évolution, puis il les oublie. Il ne se laisse plus alors comme choix que celui de s'y soumettre. À son époque, la loi qui faisait recette était celle du matérialisme dialectique. Elle indiquait que le sens de l'Histoire pointait l'Est, la dictature du prolétariat, l'abolition des classes. Elle construisait ce faisant une fatalité, un destin *inévitable.* Désormais, c'était la loi de Moore que l'on exposait partout comme la nouvelle ligne du devenir humain [1]. Je me suis longtemps interrogé sur ce besoin irrépressible des hommes de croire aux lois empiriques qu'ils élaborent. Est-ce la loi qui crée le devenir, ou bien l'inverse ? L'erreur et la foi dans l'erreur ont une force considérable. Sans doute accélèrent-elles le devenir auquel elles nous font croire et le précipitent-elles, pour le meilleur et pour le pire. La bulle spéculative et la dictature auraient alors les mêmes origines : un concentré de mauvais paris s'imposant comme seule vérité. Elles n'ont pas les mêmes conséquences humaines, me direz-vous. Mais pour l'esprit et la chair ?

---

1. « Au lieu de la dialectique marxiste, nous avions désormais la loi de Moore », écrit Thomas Frank in *One Market under God*, *op. cit.*, p. 348.

Les manies d'époque vous obligent à croire. Elles vous frappent de leur OUI engagé, imbécile. Elles vous enjoignent d'être selon les choses qui passent. Elles vous conduisent de force vers les rails d'une raison commune ; celle des lois inventées, justement. Est-ce par calcul ou par optimisme qu'on les invente ? Il y a du calcul, bien sûr. De l'intérêt. On se convainc de la nouveauté. Parce que ça change, que c'est plus gai. Parce qu'on fait de l'argent aussi avec le neuf. Alors commencent à tourner les machines de presse qui forgent une foi simple pour les simples. Du temps où le matérialisme dialectique était en grâce, la loi allait plutôt à gauche. Du moment où la loi du fluide l'a remplacé, le compas est passé à droite. Dans les deux cas, on a prédit le Paradis. Les gouvernements changent si peu. Seules les lois du devenir changent, et avec elles le sort de ceux qui ne les écrivent pas. « Si l'on me demande quel est le mobile de ceux qui brandissent cette méthode, écrivait Benda, la réponse est évidente : il est celui d'hommes de combat, qui viennent dire aux peuples : notre action est dans la vérité puisqu'elle coïncide avec le devenir historique ; adoptez-la[1]... » Une adoption. Le mot était bien

1. Julien Benda, *La Trahison des clercs*, *op. cit.*, citant une phrase de Vychinsky, adjoint au ministère des Affaires étrangères de l'URSS, dans la revue *Combat*, le 16 mai 1946, p. 65.

choisi. Les corps de la dissidence avaient changé d'identité.

LA MACHINE À RÉACTIONS

La trahison des chairs ne nous a pas laissé le choix. Soit nous étions nomades volontaires, *scheezes* heureux, autrement dit des êtres de la liquéfaction ; soit nous devions subir le sort des nomades involontaires, contraints de suivre les flux du capital à contrecœur. Il serait faux de dire que Toute l'intelligence avait embarqué, laissant derrière elle Toute la société. Sur le quai, certains clercs étaient restés. Bourdieu, par exemple. Il n'avait pas trahi. Je l'avais vu rôder aux alentours des grévistes cheminots de 1995. Je l'avais revu hanter l'étroite rue du Dragon l'année d'après, pour défendre quelques centaines de sans-domicile d'un avis d'expulsion. Les refuzniks de la liquéfaction continuaient d'exister, bien sûr. Ils parlaient des ravages du néo-libéralisme, du scandale de l'exclusion, de la dictature des marchés. On les laissait parler, à la marge, histoire de maintenir un niveau minimal de contradiction. On les écoutait avec compassion comme des inadaptés [1].

1. C'est en oubliant cette épaisseur des corps, en ne servant que la modernité des *scheezes*, que les gauches

Il faut bien comprendre que, le corps fluide ayant triomphé, l'idée même qu'il existe *quelque chose* comme un corps social ayant une longueur, une largeur, une épaisseur et des droits, paraissait farfelue. J'étais donc heureux d'apprendre que certains intellectuels continuaient à rappeler que l'humain connecté, avant d'être un cyborg, constitue l'unité de base d'une communauté d'orgueils, de chairs et de bouches à nourrir. Cependant, je sentais toujours une tentation sédentaire, un manque d'imagination, un discours qui allait dans la bonne direction mais usait du mauvais langage. Ils nourrissaient, semble-t-il, un regret ; du temps où les territoires étaient définis et la responsabilité identifiée. Du temps où l'art avait encore une histoire. Deux générations de contestataires. Un fossé gigantesque. Une esthétique et une politique à des années-lumière. Je voyais en eux la crispation de l'intelligence lorsqu'elle rechigne à chercher ses parades ailleurs que dans ses souvenirs. Ils n'acceptaient pas la dissolution des pouvoirs, leur invisibilité, leur fluidité. Ils souffraient du dédain des *scheezes*. Ils cherchaient à

---

européennes ont perdu les nomades involontaires, les enracinés. Elles n'ont pas vu que leur trahison conduisait des millions d'électeurs vers la réaction pure et laissait le monopole de l'épaisseur aux seuls populistes. C'est ainsi que l'on peut expliquer, au tournant du millénaire, la poussée des partis d'extrême droite en Italie, en Autriche, en France, jusqu'aux Pays-Bas.

reconstruire le cadre de leur enfance : un territoire contenant une nation qui délègue sa souveraineté à des représentants conformément aux règles démocratiques, avec, sur ce territoire, des personnes privées qui s'échangent des biens et des services selon des règles contractuelles définies et contrôlées par l'État. Au nom de ce cadre, ils rejetaient la complexité, condamnaient les réseaux des pouvoirs transnationaux, forcément « occultes ». Ils déploraient que l'espace n'ait plus été régi que par des flux immatériels et « irrationnels » de capitaux. Ce faisant, ils étaient incapables de repenser une révolte qui soit autre chose qu'une réaction à la modernité. Comment en aurait-il été autrement ? Pendant un demi-siècle, ils avaient été les témoins de l'État-providence. Et celui-ci ne s'était pas mal débrouillé, après tout. Il avait tenté de réduire l'écart entre riches et pauvres. Courageusement, il avait cherché à contrebalancer les intérêts privés par les services publics. Il avait fait tout ça au prix d'un certain ennui, c'est vrai. L'ennui du confort. L'ennui de la démocratie sociale. L'ennui du réformisme. L'ennui des classes moyennes, de l'équipement, de la croissance, des robots-mixeurs, des vélomoteurs. L'ennui du progrès, de l'accumulation, de la comptabilité nationale, des cours d'histoire, de la hiérarchie, de l'organisation, des plans quinquennaux. L'ennui des lunettes en écaille et des vestes en velours côtelé. L'ennui de la pipe, du socialisme. L'ennui des cérémonies d'anciens combattants, des dortoirs non mixtes, des interdits de sortir. Mais au-delà des grands bouleversements culturels des années 70 dont il était sorti un plus grand ennui encore – la nostalgie du pétard, la passion du vintage, le retour du funk, l'idolâtrie pour les victimes du rock'n'roll, pour les oubliés du rock'n'roll –, l'État-providence avait plutôt *assuré*.

Je ne pouvais pourtant m'y résoudre. Quelque chose devait être inventé. Ni cette vieille machine à réactions, ni cette collusion fluide du festif et du cyberespace. Ni les nostalgiques du territoire. Ni les *scheezes* de l'infosphère. Une stratégie contestataire adaptée à l'âge informationnel, qui ne soit ni cynique ni réactionnaire. Quelque chose qui userait de la vitesse pour prôner la lenteur, quelque chose de désincarné qui revendiquerait le droit à l'incarnation, quelque chose de mouvant et de liquide qui lutterait au nom de l'épaisseur, quelque chose de virtuel doué de la conscience du réel. Voilà, je crois, quel fut l'enjeu de nos années 90. Un combat permanent pour réinventer une révolte qui ne soit ni un instrument de conquête mondaine, ni une machine à réactions.

LA NOUVELLE INCARNATION

Quel est cet invisible que l'on voit ?

« C'est d'un tout autre monde, on le devine, que rêvaient ces gueux épouvantables : d'un ailleurs qui ne se renverserait pas aussitôt en un nouvel ici, d'un monde qui ne se figerait pas en banal quotidien, [...] qui garderait en son cœur le noyau de braises qui le fit naître. Des hommes cabrés contre la Destinée qui les tient, et les broie, voulurent parier, et qu'importe si l'issue ne pouvait en être que la mort, sur une liberté absolue, dans l'expansion sans frein de leur désir[1]*... »*

« Un mort, 180 blessés dont un carabinier et une jeune femme sérieusement atteints : tel est le bilan des affrontements entre la police italienne et les manifestants antimondialisation, vendredi 20 juillet à Gênes[2]*. »*

---

1. Michel Le Bris, *D'or, de rêves et de sang, l'épopée de la flibuste, 1494-1588*, Paris, Hachette littératures, 2001, p. 12.
2. In *Le Monde*, 22-23 juilllet 2001.

L'homme qui suffoque sentait que le capital exagérait un peu. Il recevait chaque matin des courriers menaçants de la police des gènes. Le rosier grimpant qu'il s'était offert pour son anniversaire était une création génétique protégée. Il n'avait le droit ni de la dupliquer, ni de la reproduire, ni d'en diffuser le programme ADN, et ce, précisaient les lettres, que ce soit sur des supports existants ou à venir. Il ne s'agissait alors que d'une mise en garde, mais tout de même... Un soir, en rentrant chez lui, il vit que sa messagerie électronique clignotait. Freetime, une filiale européenne de Disney, annonçait la privatisation de sa rue. Il aurait aimé s'y opposer, mais il était trop tard. Les réunions de copropriété l'ennuyaient. Par conséquent, la transaction entre les habitants du quartier et la société s'était conclue sans lui. Sécurité, communauté, tranquillité constituaient les trois axes du projet. Le bar où il avait l'habitude de boire un martini sec en fin d'après-

midi serait remplacé par un espace forme et loisir. L'accès à la rue serait contrôlé par un système de digicode et de caméras de surveillance.

Les courriers de la police des gènes et de la société Freetime n'arrivaient pas seuls. Un tas d'autres publicités encombraient sa boîte aux lettres et sa messagerie électronique. L'homme qui suffoque éprouvait à cet égard des sentiments ambigus. Grâce à cette correspondance, il se sentait moins seul ; de nombreuses entreprises connaissaient son nom et son adresse. Elles ne manquaient jamais une occasion pour lui faire part des cadeaux et des promotions dont il pouvait bénéficier. Cela dit, il n'était pas complètement dupe. Il voyait bien que, de plus en plus, la propriété des entreprises empiétait sur la sienne. Il lui suffisait de parcourir son courrier pour s'en rendre compte. Le nombre des bons d'achat diminuait tandis que les offres d'abonnements augmentaient. Freetime lui proposait même de renoncer à la propriété de son appartement en échange d'un droit d'accès illimité aux services de l'entreprise : vacances, stages de remise en forme, clubs de sport, parcs d'attractions, chaînes de télévision, livraison de magazines à domicile, etc. L'homme qui suffoque devait-il se résoudre à ces changements ? Si l'extension du domaine du capital réduisait son autonomie, fallait-il accepter que sa rue et ses roses grimpantes soient privatisées ? À l'époque, c'était en tout cas la question qui agitait l'Architecture du Monde Uni.

Pour contrer cette nouvelle emprise du capital, des résistances inattendues voyaient le jour. Les paysans contestaient la privatisation des graines, les oisifs luttaient contre la privatisation du temps, les pirates électroniques manifestaient contre la privatisation des réseaux, les cultures indigènes s'insurgeaient de voir leur particularité génétique soldée aux grands laboratoires. L'homme qui suffoque hésitait à les rallier. Il ne pouvait s'empêcher de penser à ces foutues parois invisibles et molles de la Nouvelle Architecture du Monde Uni. Il avait l'impression de vivre un scénario déjà connu et déjà joué.

D'un autre côté, il voyait bien que les révoltes avaient changé de forme. Elles étaient moins idéologiques qu'au temps de ses vingt ans, moins arrogantes, moins hiérarchiques, plus désordonnées, plus éclatées, plus fragiles aussi. Elles balbutiaient. Le mot révolution n'était jamais prononcé. On privilégiait le contre-pouvoir à la prise du pouvoir. L'heure était à la reconquête plus qu'à la conquête. Enfin, c'était un caractère qui lui plaisait, les insurgés refusaient les chefs.

« Finalement, tout est lié, se dit l'homme qui suffoque. Mes roses grimpantes, Freetime, les digicodes. Le capitalisme a franchi la ligne. Je pensais que ça allait s'arrêter, mais ça conti-

nue. » Quelques jours plus tard, il entra en contact avec des programmeurs informatiques pour lancer une vaste campagne de parasitage du cyberespace afin de ralentir le flux d'information. Il enfila des épaulières et s'enchaîna au péage de l'autoroute A13 en guise d'exemple. C'était un peu ridicule, mais courageux quand même. Lorsque les agents parvinrent à le détacher, les derniers mots qu'on l'entendit prononcer avant de disparaître dans le fourgon furent : « Je suis lourd, je suis épais, je suis MODERNE. »

LES YEUX OUVERTS

Nous avons traversé le rire du *dandysme de masse*. Nous avons baigné dans le liquide des *scheezes*. Contre eux, nous avons dû reconstruire une possibilité d'exister. Ce combat a pris la forme d'une campagne de guerre. Pas de celle où l'on agite des drapeaux. Non ! Une guerre où le corps et l'esprit se débattent, tourbillonnent, vacillent, sans savoir par qui et par où commencer. Il n'est pas aisé de lutter contre le rire, contre le cynisme, contre l'abdication et le désespoir. Il n'est pas facile de revendiquer l'épaisseur du temps et de l'espace quand tout son siècle conspire au flux. À l'inverse des générations qui nous ont précédés, nous n'avons pas théorisé. Nous avons agi par intuition, sans trop brusquer ce beau chaos dont nous avons appris à faire notre liberté. Nous ne désirions pas le pouvoir. Nous aurions seulement aimé qu'on nous laisse en paix. Oui ! Nous ne demandions que le droit de nous abstenir. Il nous a été refusé.

Le drame qui retrace cette guerre coïncide avec l'histoire de mon adolescence. C'est un drame en quatre actes. Chacun d'eux marque un moment où l'esprit et le corps ont cherché une stratégie de révolte pour échapper à l'enfermement et bloquer l'emprise. L'acte I raconte comment nous avons percé le monde clos du destin fini en revendiquant un *extérieur provisoire*. L'acte II dit comment le verbe poétique est réapparu pour s'opposer au verbe froid des derniers hommes. L'acte III montre comment, par la réincarnation des corps et la dissimulation des visages, nous avons essayé de conjurer l'image et de bloquer les flux. Le dernier acte rapporte la naissance d'une dialectique ouverte et d'une résistance nomade capables de restaurer la volonté de l'homme dans l'Histoire.

Du fait que je n'apprécie guère les drames à suspense, je préfère confier d'emblée le sens du dénouement. Ce n'est pas un *happy end*. Nous avons juste semé une graine au milieu de la boue. Quelle espèce va en éclore ? Nul ne le sait. À l'extérieur du théâtre, rien n'a changé. La majorité n'a rien vu, rien entendu. Elle donne raison à Flaubert : tout défile, mais le cœur niais de l'Homme niais demeure. Les majorités silencieuses plébiscitent encore et toujours le triomphe des flux. Elles votent pour des porcs qui les méprisent. La télévision les endort en leur faisant croire que voir, c'est agir. Elles se vautrent, s'avachissent, s'oublient. Les gouvernements qui n'ont plus pour légitimité que le silence des majorités silencieuses achèvent leur grande braderie. Les chefs d'entreprise terminent leur œuvre carcérale en intégrant à leur projet le vocabulaire de la justice sociale, de l'environnement, de la pitié même.

Voilà pour la boue. Maintenant, la graine. Dans la salle où le drame s'est joué, les spectateurs sont fébriles. Faute d'avoir ramené l'économie au bon sens, les comédiens ont touché l'esprit du temps au cœur. L'heure n'est plus à la résignation. Le rire décline. Et le cynisme ? Il est mort. Les producteurs de spectacle ne peuvent s'en apercevoir encore, qui spéculent sur la bêtise ; le cynisme est mort, pourtant. Ou plutôt, il meurt. Ses racines puisent au plus profond de notre époque et sans doute en reste-t-il une souche solide, mais sa saison est passée. Lentement, nous sortons de son âge obscur. Nous quittons *l'esprit des fins* qui en était la fleur et nous entrons, encore un peu groggy, dans l'âge de la candeur choisie, de l'innocence-en-connaissance-de-cause : Réouverture du monde après fermeture, faudrait-il annoncer à la manière d'un magasin sur les grands boulevards. Adieu dandysme. Adieu *scheeze*. On va maintenant pouvoir le dire tout haut sans déclencher les rires : nous sommes des *romantiques aux yeux ouverts*.

Le romantisme est une curieuse bestiole. Elle

vous file entre les doigts chaque fois que vous entreprenez de la saisir. Un coup à droite, un coup à gauche, elle surgit toujours là où on ne l'attend pas. Le romantisme n'est pas blanc comme neige. Certains disent qu'il a même du sang sur les mains. Imaginez donc un instant une file d'attente à l'entrée d'un tribunal. Au bout, un procureur chargé de l'instruction. Dans la file, non pas des êtres, mais les GROS MOTS pour lesquels on a tué... Nom ? Communisme. Fonction ? Propriété commune des moyens de production, abolition des classes. Nombre de morts ? Plus de dix millions. Entrez, et au suivant ! Nom ? National-socialisme. Fonction ? Extermination des Juifs, affirmation de la supériorité de la race aryenne. Nombre de morts ? Plus de dix millions. Entrez et au suivant ! Nom ? Capitalisme. Fonction ? Propriété privée des moyens de production, accumulation du capital. Nombre de morts ? Décompte en cours. Attendez là, et au suivant. Nom ? Romantisme. Fonction ? Littéraire. Nombre de morts ? Jamais pu l'établir...

La *romance* eut beau s'adjoindre un *-isme* ronronnant, l'accès au musée des idéologies macabres lui fut toujours refusé. Pourtant – ça n'est pas faux –, elle a sa part dans toutes ces barbaries. Derrière chacune, sa silhouette peut être aperçue. Le romantisme est ce désir d'âme au nom duquel on se déchire, on se bat, on torture. Seulement voilà ! On ne remonte jamais jusqu'à l'âme. On s'en tient à la culpabilité de la main qui a porté les coups. Nul doute pourtant qu'il a servi à l'exaltation des peuples européens. Nulle objection au fait qu'il a mobilisé les langues, les territoires et le sang au point de transformer la culture en machine de guerre. Le romantisme a d'abord été poétique, à la fin du XVIIIe siècle. Il a joué la musique tumultueuse des sentiments contre la froideur des Lumières et l'ordre des raisons. Aucun mal à cela. Seulement voilà ! En 1789, les idées des Lumières s'incarnent en une Nation. La française. La tête du roi tombe. Les soldats de l'an II. Bonaparte puis Napoléon. On conquiert et l'on pille au nom de la Raison. Alors, en Allemagne, le romantisme est appelé en renfort. Génie français, génie allemand, il faut choisir. Ainsi a-t-on pu affirmer qu'il avait fait le lit de nos nationalismes et de toutes leurs tueries. Que dire aussi du lyrisme révolutionnaire, ce romantisme insurgé, rouge, prolétarien, qui naît sur les cendres de la Révolution française, se renforce jusqu'à la Commune par les écrits des socialistes utopistes, traverse l'Europe jusqu'en Russie, se glace et se fige, puis conquiert la Chine avant de rejaillir, plus exalté encore, en Amérique latine, au Japon, en Italie, en France, sous le nom d'extrême gauche.

Pourquoi alors, après un tel acte d'accusation, se réjouir de voir renaître *un romantisme aux yeux ouverts* ? Comment pourrait-il être si différent qu'il ne précipite une autre tragédie ? C'est que, avec le temps, le romantisme est devenu un genre de garde-meuble dérisoire où l'on balance régulièrement des feuilles mièvres portant poésies tristes, récits à l'eau de rose, tendresses bas de gamme, films tireurs de larmes, mauvais romans à foison. Il arrive aussi qu'on y jette des êtres encore vivants. Utopistes, doux rêveurs, zeste d'idéalistes, poignée de jeunes adolescents qui croient encore à la main qu'on caresse plutôt qu'au *fist fucking*. Voilà pourquoi, sans crainte, je me permets d'ouvrir le garde-meuble et de disséquer la bestiole. Je ne crains pas le destin de Pandore. Des romantismes passés, nous avons pris le meilleur. Nous avons laissé le pire. Nous avons gardé l'esthétique de la volonté. Nous lui avons accolé l'ironie et le doute. Nous avons préservé la possibilité pour l'homme d'agir sur l'Histoire, mais nous avons abandonné l'héroïsme grotesque des avant-gardes qui prétendaient pouvoir la renverser. Nous avons sauvé la critique de la modernité, mais nous avons méprisé le dogmatisme de la réaction. Nous avons retrouvé la terre, la poésie et le sang par lesquels les corps s'incarnent, mais nous avons rejeté le territoire et la nation par lesquels seuls les États s'incarnent. Nous avons dépoussiéré la dialectique en lui ouvrant l'horizon des possibles. Nous avons suivi le nomadisme sans frontière de la résistance et nous avons combattu la *scheeze* heureuse de la mondanité globale.

Le romantisme aux yeux ouverts ne pourrait pas même tuer une mouche. Car il ne croit pas vraiment. Il veut croire. C'est pourquoi il s'excuse en permanence de ses envolées. Si je devais le décrire d'une façon stylistique, je dirais ceci : succession de phrases courtes. Un mot puis l'autre. Adjectifs brefs. Soudain une phrase longue, tirée vers l'infini avec hésitation. Cela faisait tellement longtemps qu'on n'avait pas osé. On avait perdu l'habitude. Sujet, verbe, complément, monsieur ! Mais jaillissement, pourquoi pas ? Non, car effondrement aussitôt ! Oui, mais lyrisme tentative ! Impossible, car moquerie ensuite. Nos paragraphes exaltés seront à jamais marqués au coin du doute.

Notre romantisme est rescapé d'un naufrage. Nous avons affronté des flots de bêtise et de résignation, mais nous n'avons pas chaviré. Ce naufrage a fait de nous les porteurs d'un temps contre le temps. Quel est notre idéal ? Il est improbable et bringuebalant. Comment se porte notre volonté ? On lui a coupé les deux jambes, mais l'âme bouge encore. À quoi ressemble notre révolte ? Elle est celle d'un élégant qui n'est pas fat, ascétique à l'égard de la consommation, mais puissamment incarné pour dire toute l'épaisseur du monde. De cette élégance-là, j'aimerais voir le sursaut ; une insurrection de chaque instant qui viserait non pas à rapprocher le temps qui sépare le désir de sa satisfaction, mais à les éloigner l'un de l'autre pour désirer surtout. Je crois en cette révolte singulière des « JE », ce mouvement *dans* la conscience qui, chez les Grecs, s'appelait harmonie. Je crois à la coïncidence du désir de réserve et de la réserve du désir. Le JE de la pensée inquiète qui interroge, questionne et doute sans repos. Le JE d'Artaud qui suffoque par la chair. Le JE qui n'abdique pas devant la nonchalance du *dandysme de masse*, enfin le JE méditerranéen de l'été camusien qui, il n'y a pas si longtemps, mariait si bien le corps de la jouissance et celui de la justice sur une plage d'Oran. Décidément, il faut relire Camus.

« Le romancier ne dépasse que lentement, durement, le romantique qu'il a d'abord été et qui se refuse à mourir[1] », écrit René Girard dans *Mensonge romantique et vérité romanesque.* Il voyait pour cela que l'écrivain devait échapper à l'orgueil et reconnaître qu'en lui, dès l'enfance, la jalousie, la vanité et la haine impuissante agissent autant que chez le snob. Le snob

---

1. René Girard, *Mensonge romantique et vérité romanesque*, Paris, Grasset, 1961.

contemporain est un *scheeze* heureux, mondain nomade pour qui il n'est plus de frontières entre les règnes du capital, de l'art et de la communication. De là que *le romantisme aux yeux ouverts* nous ramène à l'enfance après le long détour du JE des jalousies, des vanités et des haines impuissantes. Contrairement aux romantiques de Girard, nous ne sommes ni dans le mensonge ni dans la vérité. Nous vivons en équilibre sur le fil immense des illusions perdues. Nous ne cédons pas.

UN MERVEILLEUX TÉLÉGRAMME

Acte I. Nous avons recréé un ailleurs dans le monde clos de la fin dialectique. À l'ennuyeux nadir de la démocratie de marché, il nous a fallu très vite opposer l'idée d'un *extérieur provisoire*. D'un seul coup, nous avons jeté les pensées de la libération *définitive* dans la panière à linge. Pendant que la machine tournait et tournait encore, nous avons lu avec soulagement un texte publié en 1990 par une obscure maison d'édition du quartier de Williamsburg, à Brooklyn. Il était signé Hakim Bey [1]. Son titre était

1. Le vrai nom d'Hakim Bey est Peter Lamborn Wilson.

composé d'un acronyme de trois lettres : « TAZ », pour *Temporary Autonomous Zone*, zone autonome temporaire. À l'époque, nul n'aurait pu imaginer son destin ; comment, par une succession d'échos magiques, sa sonorité irradierait les scènes de notre adolescence : des *ravers* aux éco-guerriers, de l'Australie à l'Angleterre. Le Bey disait de la TAZ qu'elle était le contraire d'un dogme politique. Un concept fuyant... « Je me suis délibérément interdit de [la] définir – je me contente de tourner autour du sujet en lançant des sondes exploratoires[1]. » Plus loin, il la décrivait « comme une insurrection sans engagement direct contre l'État, une opération de guérilla qui libère une zone puis se dissout avant que l'État ne l'écrase, pour se reformer ailleurs dans le temps ou dans l'espace ». La langue de Bey empruntait à l'occultisme, aux arts martiaux, à la littérature de science-fiction. Il avouait en avoir eu l'idée à la lecture d'*Islands in the Net*, de Bruce Sterling : un livre fondé sur l'hypothèse « que le déclin des systèmes politiques générera une prolifération décentralisée de modes de vie expérimentaux : méga-entreprises aux mains des ouvriers,

1. Hakim Bey, *TAZ, The Temporary Autonomous Zone. Ontological Anarchy, Poetic Terrorism, Autonomedia* 1991 ; *TAZ, Zone autonome temporaire*, trad. fr. par Christine Tréguier, Nîmes, *L'Éclat*, 1997, p. 10.

enclaves indépendantes spécialisées dans le piratage des données, enclaves zéro travail [1] ».

La TAZ arrivait juste à temps, quelques mois après la clôture du monde. Elle avait la douce sonorité des expressions qui, à défaut de libérer les corps, donnent de l'air à l'esprit. *Zone autonome temporaire*. Stop. Se contenter d'un état instable de l'espoir. Stop. À l'âge de l'enfermement, ne plus penser l'extérieur comme lieu mais comme moment. Stop. Ne plus jamais s'épuiser contre le capitalisme. Stop. Préférer l'esquive, les chemins de traverse, les banquets entre amis. Stop. Ne pas chercher à abolir le pouvoir. Stop. S'en foutre. Stop. Jouir des enclaves et par les enclaves. Stop. Considérer la grâce des petits gestes quotidiens comme acte de résistance. Stop. La libération est un vain mot. Stop. La TAZ est un terrain en friche, un soir. Stop. Un sac à main de femme entrouvert. Stop. Deux amants qui *se murmurent* et se baisent. Les doigts de l'horloger sur une montre-gousset dans un cinéma de quartier. Stop. Savoir que tout ce que l'État et le marché n'ont pas encore flétri, ils finiront par le flétrir. Stop. Dans l'entre-deux, la TAZ est possible. Stop. La création ne se répète pas, c'est une TAZ. La production se répète. C'est ennuyeux. La TAZ est un laps de temps qui n'a d'autres référents que lui-même. Orgasme non marchand, échange non

1. *Ibid.*, p. 8.

marchand, musique non marchande, images non marchandes. Stop. Gratuité du bouche-à-bouche, bouche-à-oreille, chaînes à la cheville, zone franche effrontée de l'entre-deux-os. Stop. La TAZ est une respiration, un télégramme merveilleux.

« Nous voici, surgissant des fissures qui scarifient les murs, des églises, des États et des usines – tous ces monolithes paranoïaques. Coupés de la tribu par notre nostalgie de la vie sauvage, nous creusons en quête de mots oubliés, de bombes imaginaires [1]. »

La TAZ ne pouvait pas décevoir... Elle ne promettait rien. Du moins rien d'autre qu'une autonomie éphémère, recréée perpétuellement au travers d'expériences festives ou résistantes. Au milieu des pensées mortes, je peux dire qu'elle faisait tache. Comme si l'on avait avancé une mèche de perceuse dans une souche de chêne. En trois lettres, elle renversait les lectures déprimées de l'Histoire ; à l'échec de la révolution, elle opposait l'évanescence de l'insurrection. « *Surgo* – soulever, lever. *Insurgo* – se soulever, se lever [...]. Le slogan "Révolution !" est passé de tocsin à toxine, il est devenu

1. Hakim Bey, *L'Art du chaos : antidote au délire numérique généralisé*, Paris, Nautilus, 2000, trad. fr. par Sara Zimmer et Philippe Mortimer, p. 15.

un piège du destin[1]. » Par la TAZ, les gestes les plus insignifiants portaient soudainement la possibilité d'une cathédrale ; les caravansérails de *ravers*, les premiers *followers* de Spiral Tribe qui traversaient l'Europe chargés des sons de déchirures, pourquoi pas aussi les collectionneurs de timbres compulsifs, et les crackés des crack houses... Partout ! La TAZ donnait un sens à nos abstentions. Espoir sur fond de finitude. Idéal sur fond nihiliste. Pureté sur fond de désespoir.

Dans le même temps, il faut s'en souvenir, nos comportements étaient *dé-cryptés* par une masse imposante d'idiots. Les idiots racontaient, entre autres, que nous étions organisés en tribus – les dreadlocks CQFD, les gothiques CQFD, les *ravers* CQFD, les rappers CQFD, les *gabbers* CQFD. Que chaque tribu avait ses codes et ses valeurs exclusives l'une de l'autre. Que ce tribalisme pouvait être pensé comme un holisme de consommation. Qu'il tendait à une déstructuration du social et reposait sur des actes régressifs et narcissiques. Qu'il marquait une avancée du matérialisme et une perte complète des repères. Qu'il était lié à une crise des institutions et de l'autorité. Que, enfin, cette désaffection du politique s'accompagnait d'un repli sur soi. Sottises ! C'est vrai, nous avons commencé

1. Hakim Bey, *TAZ, Zone autonome temporaire, op. cit.*, p. 11.

par haïr la politique. Nous l'avons haïe à un point tel que les hommes et les femmes des années 70 ne comprendront jamais. Nous l'avons haïe parce que nous n'y avons vu ni lyrisme, ni rêve, ni volonté, ni élégance. Juste un bal de vautrés. Grâce à la TAZ, nous avons tout réinventé et tout redécouvert.

Je vivais alors à Londres, partagé entre le quartier jamaïcain de Ladbroke Grove, un style fin de siècle et une passion vintage pour le rock mongol. J'étais pour résumer un jeune homme *postmoderne* ; mot que j'employais d'ailleurs à tort et à travers, alternant parfois avec celui de *chaos* qui signifiait, dans ce contexte, sensiblement la même chose. C'était l'époque où les ecstasys remontaient d'Ibiza pour jeter un soleil artificiel sur les usines désaffectées du nord de l'Angleterre. Le syncrétisme était le dernier chic. Les yuppies de South Ken ne se cachaient pas de mélanger exercice zen, bière brune, femme blonde, plateau-sushis et *trading partners*. À peine descendu du ferry, j'avais appris qu'il se passait « quelque chose » du côté de Claremont Road. Le ministère des Transports avait annoncé la construction d'une voie rapide reliant Wanstead à l'East London. Un quartier entier ainsi qu'une des plus vieilles forêts du Grand Londres étaient menacés. L'opposition des habitants avait échoué.

En arrivant, c'était un soir froid et pluvieux, j'ai d'abord vu les fenêtres murées, puis des lampions fous balancés par le vent. Des bulldozers figés rappelaient les squelettes des dinosaures au Jardin des Plantes. Il y avait là une colonie baroque de *ravers*, d'artistes, d'écolos et de paumés, tous réunis pour lutter contre le projet de la route M11. On passait d'une maison à l'autre par d'étranges souterrains. Des carcasses de voitures servaient de bacs à fleurs. Pour me donner des airs-du-temps, j'avais prononcé une grande phrase péremptoire : « Les squats ressemblent aux hôtels Ibis, à cette différence près qu'il y a des carrosseries rouillées à la place du faux marbre et des canettes écrasées au lieu du minibar. » Je m'étais trompé. Claremont Road n'était pas une scène pour les désabusés. À l'entrée du chantier, au milieu des bulldozers, dans le laps de temps d'avant effondrement, les regards me disaient : « Arrêtez-vous là, jeune homme ! Enlevez votre postiche, vos faux airs de snob, votre fausse moquerie. Vous pouvez garder vos fossettes, mais le reste ne nous intéresse pas. » Je suis resté cinq mois.

La bataille de Claremont Road contre la M11 s'est prolongée jusqu'en novembre 1994. Le quartier fut finalement détruit, et la bretelle d'autoroute bientôt embouteillée par de larges taxis noirs. Cependant, toute une génération d'activistes anglais y avait puisé une nouvelle passion. John Jordan était l'un deux. Professeur d'art plastique, lui-même artiste, il a été au cœur des campagnes éco-guerrières, à Londres, dans la seconde moitié des années 90. Je l'ai retrouvé bien des années plus tard, après les manifestations de Seattle, après l'explosion médiatique de *l'antimondialisation*, après tout le cirque par lequel on oublie quand et où eurent lieu les premiers tremblements. John ne se souvenait pas de moi. Après tout, j'étais minot. De la mémoire, on se foutait. On n'était pas là pour ça. Je lui ai demandé si d'autres pensaient à la TAZ pendant la bataille de Claremont Road. Elle était l'image exacte de ce que Bey avait décrit : une zone temporaire où régnait un joyeux bordel transformé par la grâce de l'art en communauté de résistance. « Peut-être, peut-être pas. Je crois plutôt que les activistes agissaient spontanément, sans référence », m'a répondu John. Il m'a confié un livre de George McKay : *DIY Culture*, une anthologie de textes sur la contre-culture en Angleterre. Il y avait signé un joli récit : « L'art de la nécessité ». Je me permets d'en citer un passage :

« Pendant quatre jours froids en novembre 94, Claremont Road et le quart de miles de rues défoncées autour servirent de champ de bataille final. Au son étourdissant de la musique *rave* crachée depuis la Tour, mille trois cents policiers des forces spéciales anti-émeutes inspectèrent la zone en long et en large selon une chorégraphie parfaitement calculée. Des militants étaient suspendus dans des filets qui traversaient la route, d'autres s'étaient verrouillés au béton, aux conduits de cheminée, d'autres étaient assis sur les toits, enterrés dans les bunkers ou rangés dans une cage au sommet de la Tour. D'immenses cueilleurs de cerise [bulldozers, N.d.T.], protégés par des dizaines de gardes de la sécurité, avançaient dans l'air leurs surprenantes plateformes [...]. La nuit tombée, de puissants projecteurs illuminèrent l'enclave. Un curieux silence s'imposa. Soudainement, on eût dit le décor d'un film d'apocalypse. De temps à autre, des feux d'artifice s'envolaient de la Tour. Alors, un refrain s'élevait depuis la rue : "Le pouvoir à la Tour" [....] C'était un théâtre comme nous n'en avions jamais vu ; un théâtre d'une telle ampleur qu'une salle d'opéra n'aurait pas suffi. Le spectacle coûta 2 millions de livres sterling au gouvernement ; nous avions décidé de la scène, choisi les acteurs et finalement invité l'État à jouer un rôle. Quatre-vingt-huit heures plus tard, la dernière personne fut extraite de la Tour. Il ne restait aux autorités qu'à détruire la rue et, avec elle, non seulement cent années d'histoire locale, mais aussi un site de résistance créative extraordinaire [...]. Aucun signe, aucune relique ou trace de Claremont Road ne demeure. Nous avions toujours su qu'un jour tout ne serait que débris, et la conscience de cette *impermanence* nous a donné une force immense – l'impossibilité de l'échec – la force de mouvoir cette zone autonome temporaire ailleurs [1]... »

La force de l'impermanence ! Voilà quelle était la première condition du *romantisme aux yeux ouverts*. Un diptyque : l'acceptation de la fatalité et le refus de la résignation. « Nous avions toujours su qu'un jour tout ne serait que débris. » Nous ne pouvions pas croire au but. Nous devions apprendre à jouir du moment. Depuis qu'existe une conscience moderne de l'Histoire, les peuples de l'Occident ont toujours disposé d'un projet : l'avancée des Lumières comme projet, l'avancée technologique comme projet, la dialectique hégélienne et l'avènement de l'État libéral bourgeois comme projet, la société sans classes comme projet, la Société des nations et la paix perpétuelle comme projet, l'écologie, le féminisme, les hallucinogènes, les communautés, la libération... À l'inverse, sans projections, il nous fallait apprendre à être. Sans Histoire, apprendre à agir. Sans autre horizon qu'un amas de pierres, apprendre à aimer.

1. John Jordan, « The Art of Necessity : the Subversive Imagination of Anti-Road Protest and Reclaim the Streets », *in* George McKay, *DIY Culture, Party and Protest in Nineties Britain*, Londres, Verso, 1998, trad. fr. par l'auteur, p. 100.

Comme le *provisoire* de la TAZ, la force de *l'impermanence* insinuait au cœur de l'acte la vanité de son devenir ; au cœur de la révolte, la *vainité* de sa fin. L'un et l'autre étaient instruits d'un pessimisme du terme, mais tous les deux enseignaient le ravissement du geste. L'ontologie qu'ils fondaient rappelait celle de Sisyphe : immanquablement, la pierre retombe. Doit-on pour autant la laisser au pied de la montagne ? Regarder les autres la hisser et rire sur leur chemin, à gorge déployée ? Doit-on s'asseoir sur le tas de débris ? Pourquoi agir plutôt que ne rien faire ? La colonie de Claremont Road, les résidents éphémères des TAZ, tous ressentaient la belle absurdité des causes, mais, à la différence du dandysme des fins, ils ramassaient la pierre et la hissaient encore et encore, afin de ne jamais se retrouver au pied de la montagne, en compagnie des riants, parmi le tas d'ordures.

INTERMITTENCE DE L'IDÉAL

Acte II. C'est en sourcier que j'ai poursuivi ma recherche. J'ai ramassé une branche de bouleau. Je l'ai tournée à droite, à gauche, en direction des pôles, vers La Mecque... Le bois ne murmurait rien de bon. Quelles autres brèches survivaient dans le monde clos ? J'ai pointé l'Amérique en décrivant un arc de cercle de la Terre de Feu à l'Alaska. Je n'attendais pas de réactions. À ma grande surprise, le bâton de sourcier s'est mis à trembler... à l'ouest... Une insurrection ! Elle avait tous les caractères requis : la poésie, le verbe, le sens de l'éphémère, l'empreinte de la magie. Elle ne venait pas du Nexus du pouvoir. Elle n'avait de lien avec aucune grande métropole : ni San Francisco et son Haight Ashbury, ni Paris et son Quartier latin, ni Rome, ni Tokyo. L'insurrection nouvelle naissait à la périphérie du monde, dans une jungle lointaine. Une forêt qui rappelait les paysages des *Rêveries* de Rousseau. Une forêt couverte de la même brume que le *Lac* de Lamartine. Une forêt païenne, peuplée d'esprits et de créatures étranges. Une forêt magique à côté d'une montagne magique où le monde des origines semblait avoir trouvé refuge. Le Chiapas... la même forêt qu'Hoffmann avait décrite dans *Le Petit Zacharie* « où se produisaient si souvent les plus agréables prodiges, et que chacun, dans cette charmante et délicieuse atmosphère d'enchantements, croyait pleinement au merveilleux [1]... ». À plus d'un siècle d'écart, le même paysage, le même lyrisme contre la même tragédie. La forêt magique était assaillie, ponc-

1. Cité *in* Michael Löwy et Robert Sayre, *Révolte et Mélancolie*, Paris, Payot, 1992.

tionnée et détruite. Le Verbe volait à son secours pour donner corps à ses enchantements. « Un beau jour [...] le prince Paphnutius décida de proclamer par édit l'institution des Lumières : il ordonna d'abattre les forêts, de rendre le fleuve navigable, de cultiver des pommes de terre [...], de faire construire des chaussées, et de faire vacciner tout le monde contre la variole [1]. » Depuis Hoffmann, nos yeux avaient eu le temps d'être écartelés. 1er janvier 1994... Forêt Lacandone. Les Indiens zapatistes, vous connaissez ? Non, sans façon. Un café, s'il vous plaît. Est-ce encore l'une de ces guérillas perdues d'Amérique latine ? Là-bas, au Mexique, on raconte que c'est une curieuse révolte. Sont-ils armés ? Ils disent que la sémantique est la meilleure des armes. On les aurait même vus attaquer un campement militaire avec des avions en papier. Nombreux ? Un million d'indigènes, mais leurs idées gagnent la jeunesse du monde. Ont-ils un chef ? Il se fait appeler sous-commandant... par dérision. Paraît qu'il aime les livres et tient Don Quichotte pour le plus grand chef-d'œuvre. Et quel genre d'homme est-il ? On le dit ironique ; l'ironie et le sens du tragique. Voilà quel était le contenu de l'acte II : un Verbe insurgé surgissait d'une jungle lointaine pour désavouer les derniers hommes et réveiller nos êtres poétiques.

1. Cité in *ibid.*, p. 48.

« Nous sommes une armée de rêveurs et, pour cette raison, nous sommes invincibles. Comment ne pas vaincre avec cette imagination qui emporte tout ?

Nous ne pouvons pas perdre.

Ou plutôt, nous ne méritons pas de perdre [1]. »

Le zapatisme est un romantisme. Un romantisme lucide. Il dit le magique, mais il connaît le réel. Il pleure l'abondance contre la rareté. Il défend le lyrisme contre les froides logiques du capital. Il refuse l'existence atrophiée des citoyens de raison, consommateurs et calculateurs. Comme tous les romantiques du XIXᵉ, Marcos s'est arraché au désespoir. Ses écrits ne cessent d'osciller du doute à l'ardeur. Ils ne proposent pas une politisation de la littérature. Au contraire, ils repoétisent le politique. La langue y vit, coule, saigne, se mouche même entre parenthèses. Les communiqués, les lois, les décrets de l'Ejercito Zapatista de Liberación Nacional expriment, par leur style, le réveil du sentiment. Tellement loin de l'assèchement statistique de notre Économie politique universelle, à mille lieues de sa glaciation réglementaire, de ses rapports et courbes et moyennes qui nous réduisent

1. Sous-commandant Marcos, montagnes du Sud-Est mexicain, Chiapas, novembre 1985, lettre à Eduardo Galeano sur le vedettariat, in *Ya Basta*, *op. cit.*, p. 340.

ultimement à des agents de production et de consommation. Les zapatistes prenaient la parole au nom de cinq cents ans d'une histoire désastreuse ; celle qui s'était ouverte avec la découverte de l'Amérique. Cependant, pour nous, le ton paraissait neuf, tout juste sorti d'un étui précieux. C'était beau, inouï, surprenant, inimaginable. Qu'une pareille langue ait pu sortir de la jungle... au milieu des rires. Marcos citait le roman de Cervantès. On le comprenait. Dans le monde clos du capitalisme d'après la chute du Mur, Sancho Pança et le Quichotte fusionnaient. Nous étions l'un et l'autre. Tour à tour les yeux grands ouverts, lucides, persuadés que la cause était vaine et le combat une chose du passé, puis héros candides, dévoués à un idéal que le monde entier donnait pour mort et enterré. L'époque de la chevalerie et l'ère médiévale avaient été la première histoire revendiquée par les romantiques allemands à la fin du XVIIIe siècle. Friedrich Schlegel nous avait appris que c'était là que le romantisme prenait source, « de cette époque de chevalier, de l'amour et du conte, d'où le phénomène et le mot lui-même dérivent [1] ». Après deux siècles d'horreurs, vingt ans de récupération, de volte-face, d'abdication, nous ne pouvions plus prendre la chevalerie au sérieux. Nous étions condamnés à l'intermittence de l'idéal. Notre

1. Friedrich Schlegel, *European Romanticism : Self Definition*, Londres, L. Furst, Methuen, 1980, p. 9.

volonté devait apprendre à se contenter de peu. Comme le Quichotte, nous n'étions pas de notre temps. Et dans cet inactuel, le capital avait les allures des géants, plus insaisissables encore que les moulins à vent.

« Absurdités de la mer, diront certains. Ça n'a pas d'importance, nous naviguerons quand même[1]. »

Je n'étais pas surpris d'apprendre que le Quichotte avait sa place sur la table basse de Marcos. Il incarnait la grande figure de la révolte d'après l'enfermement. Naïveté du personnage, lucidité du narrateur. Nous devions être les deux simultanément. Et cette fusion accouchait d'un ridicule supérieur. Les cyniques pouvaient bien rire et s'assécher de leur rire. Les snobs pouvaient bien se moquer. Les dandys pouvaient bien nous humilier. Chaque fois, nous en sortions grandis, plus inébranlables encore. Anachroniques peut-être, mais sublimes. Parce que nous étions auteur et personnage ; les metteurs en scène de nos causes perdues où les riants et les ricanants n'étaient que spectateurs. Spectateurs ! Entendons-le comme il se doit. Spectateurs, c'est-à-dire critiques et déconstruc-

1. Sous-commandant Marcos, extrait de « La longue traversée de la douleur à l'espoir », in *Ya Basta*, *op. cit.*, p. 442.

teurs, c'est-à-dire impuissants ; c'est bien là l'inversion honteuse de la raison cynique. Elle avait pensé la critique comme supérieure à l'acte. Elle avait trouvé le rire supérieur aux pleurs. Elle avait cru triompher du sentiment en ne sentant plus rien. La passion de Marcos pour le Quichotte interrompait cette imposture, et je crois qu'en ce sens – et en ce sens uniquement – son insurrection fut une révolution. Un tour sur soi. Parce qu'elle osait une mise en scène, le spectateur était rappelé à son état second. La réalité zapatiste débordait à tel point le cadre que la critique du cadre était désemparée. Au-delà du simulacre, au-delà de la fiction, au-delà de l'image, la lucidité candide du verbe zapatiste démontrait qu'il était désormais possible de rire des rires, de moquer la moquerie, et, par cette ironie, d'agir pour un idéal branlant.

À New York, dès la première semaine après l'insurrection, quelques sympathisants se sont réunis dans le plus fameux squat de l'underground new-yorkais : ABC NO RIO[1]. Parmi eux, Ricardo Dominguez, « un homme de théâtre qui détestait le théâtre ». Il faisait partie d'un collectif d'artistes américains originaire de Talahassee, en Floride : The Critical Art Ensemble. Dans les années 80, les membres du

---

1. http://www.abcnorio.org. Le squat se trouve à New York, au croisement des rues Clinton et Rivington, dans l'East Village.

CAE avaient milité aux côtés d'Act Up Miami. Ils avaient été confrontés à l'indifférence de « l'État thérapeutique », au calcul des grands laboratoires. Comme toujours, au bout du chemin, ils étaient tombés nez à nez avec le PLUS GRAND PROBLÈME DE L'ÉPOQUE – celui dont j'ai fait l'une des pierres de notre enfermement : comment contester un pouvoir qui n'est plus de ce monde. Leur essai – *Electronic Disturbance* –, écrit en 1990, tentait d'y répondre. Il était publié par Autonomedia, la même maison d'édition qu'Hakim Bey[1]. Après la brèche de la TAZ, la tactique exposée par le CAE infligeait une entaille supplémentaire dans la glaise de notre résignation : puisque le pouvoir s'évaporait, nous devions nous aussi accepter de bouillir. Non pas afin d'atteindre la fluidité de la *scheeze*, mais pour se transformer en fines particules d'eau évaporées et s'infiltrer dans les rouages pour y laisser de la rouille. Une rouille consciente, en somme ! Une rouille pour gripper la belle mécanique du capital sans territoire. Une rouille virtuelle pour rappeler l'autre rouille, celle mélancolique des machines-outils et des vieux de l'usine. À cette époque, les

1. Les deux essais du CAE, *Electronic Disturbance* et *Electronic Civil Disobedience*, publiés respectivement en 1994 et en 1996 par Autonomedia, Brooklyn, New York, ont été rassemblés en France sous un même titre : *La Résistance électronique*, Nîmes, L'Éclat, 1997, trad. fr. par Christine Tréguier.

outils de la lutte électronique étaient encore assez rudimentaires, mais toute la grammaire était prête : « Le pouvoir de l'élite échappe désormais aux stratégies de perturbation des forces sédentaires. Les monuments architecturaux du pouvoir sont factices et vides ; ce ne sont plus que des bunkers pour complices et consentants. Les places fortes n'abritent plus que des traces du pouvoir [...] Leur occupation ne désorganisera pas pour autant le flux nomade. Tout au plus occasionnera-t-elle quelques perturbations [...] Le caractère restreint des vieux modèles et des sites d'opposition tend à repousser la résistance sur la voie de la désillusion. »

Tandis que les syndicats comptaient chaque jour des désaffections supplémentaires, que les vieux partis socialistes européens se convertissaient aux lois du marché, que, dans les métropoles, on se laissait aller au confort du *dandysme de masse*, le CAE en appelait aux pirates informatiques pour rappeler les flux au sens de la matière. Ils étaient parmi les premiers théoriciens – hors science-fiction – de la désobéissance civile électronique. « Autrefois, on affrontait l'autorité de la rue par les manifestations et les barricades ; aujourd'hui, il faut affronter l'autorité de l'espace électronique par la perturbation électronique [...] La résistance au pouvoir nomade se joue dans le cyberespace, et non dans l'espace physique [1]. »

1. *Ibid.*, p. 38.

Les textes du CAE étaient le signe d'une conscience *en transition* : le moment où les hackers étaient appelés à entrer en résistance. Le philosophe finlandais Pikka Himanen, chercheur à l'université de Berkeley, en Californie, a montré que dès les premières heures de la révolution informatique, dans les années 70, existait une opposition de valeurs entre l'éthique du capitalisme et l'éthique du hacker. Tandis que la première conçoit le travail comme devoir, le profit comme distinction, l'enrichissement et l'accumulation comme signes, la seconde se fonde sur le jeu, le plaisir et le partage [1]. Très longtemps, cette opposition est restée silencieuse. Elle n'a eu de manifestations que sur le tard. Jusqu'au milieu des années 90, la communauté des hackers s'était tenue bien loin du politique. Ricardo appelait ça le *hacking digitally correct* – soucieux uniquement du libre accès au code – et l'opposait au *hacking digitally incorrect* – qui voulait mettre les ressources électroniques au service d'une cause politique concrète. Tout au long des années 80, les hackers avaient défendu le 0 et le 1 comme langage universel ; une sorte de retour biblique à une ère d'avant Babel où les populations les plus éloignées pourraient échanger leur savoir. Ils formaient une communauté sans frontière ; la

1. Pikka Himanen, *The Hacker Ethic and the Spirit of the Information Age*, New York, Random House, 2001.

première diaspora qui ne reposait ni sur l'histoire ni sur le sang. Les seuls liens entre eux étaient la technologie et les informations qu'ils se refilaient via *snail mail* pour améliorer leur machine. C'était ce non-engagement que le CAE critiquait.

La rencontre de Ricardo Dominguez avec le zapatisme, à New York, au début de l'année 1994, était à l'image de la nouvelle conscience contestataire : des unités de lutte locales, dispersées, entraient en *résonance* par affinités électives ou par empathie. Progressivement, elles s'arrachaient technologiquement à leur indifférence et à leur territoire pour atteindre un stade autonome d'organisation. Les JE produisaient un NOUS. Le 1er janvier, jour de l'insurrection, les zapatistes avaient pénétré l'espace électronique en envoyant par e-mail la première déclaration de la jungle Lacandone. En cinq jours, des milliers de zapatistes digitaux s'étaient manifestés sur les réseaux. L'association Ya Basta ! fut créée en Italie alors que Ricardo fondait la New York Community for Democracy in Mexico. J'ai souvent lu que la réunion de Seattle, en novembre 1999, était l'acte de naissance d'un nouveau mouvement contestataire. J'imagine que les livres d'histoire reprendront cette parole. Pourtant, l'avènement de *l'hyperconscience* qui l'a rendu possible était déjà là, en gestation : de Claremont Road à la jungle Lacandone en passant par le squat ABC NO RIO à New York et l'association Ya Basta ! en Italie. À chaque étape, une pensée, une plate-forme technologique et les balbutiements d'un réseau d'inspiration. Ce n'était pas une convergence raisonnée, mais un assemblage un peu brouillon de correspondances cherchant toutes des tactiques capables de nous arracher à l'enfermement et au désespoir.

Dans les textes du CAE comme dans ceux envoyés depuis la jungle Lacandone, on retrouvait les mêmes intuitions : désormais, le Verbe serait plus important que les armes. La lutte se déplaçait du champ terrestre au champ sémantique[1]. « C'est ainsi que les zapatistes sont devenus la principale communauté d'info-war en ligne, m'avait confié Ricardo. Parce qu'ils ont compris que la dialectique du XXIe siècle n'est plus basée sur le matérialisme mais sur la sémantique. La sémantique est le principal caractère de la guerre de l'information. C'est-à-dire non pas les mots pour la guerre, mais les mots comme guerre. » L'info-war n'était qu'une reformulation du conflit entre notre essence poétique et l'être marchand. Les réalités électroniques étaient le pro-

1. C'est pourquoi il est si dangereux que les États et leurs polices rompent le jeu sémantique par l'usage de la force. Ce faisant, ils sortent du symbolique. À Gênes, lorsque les carabiniers ont chargé et tiré à balles réelles, ils ont violé *les règles du jeu* qui voudraient que s'organise une confrontation *sémantique*.

longement des réalités chamaniques. Toutes les deux autorisaient l'épanchement du songe dans le réel. Multitude de strates, empilements d'imaginaires. En vérité, la *nouvelle incarnation* voulue par *le romantisme aux yeux ouverts* n'était qu'une renaissance : notre fond de magie s'emparait des réseaux. C'est ainsi qu'il fallait comprendre le succès du slogan « nous sommes tous des Indiens zapatistes ». Au-delà d'une manifestation de sympathie... Nous sommes... Je suis... Identité... Identification... Nous sommes magiques parce que nous sommes électroniques. Le cyberespace, plus que le terrain de jeu de la *scheeze*, pouvait servir de pâture à nos réminiscences. Il nous autorisait à être mille avatars, mille personnages. À travers lui, nous pouvions être le Verbe incarné de l'ici du corps et le Verbe virtuel de l'ailleurs.

« Ce secteur inhabité de la forêt était le lieu des morts, des fantômes, de toutes les histoires qui peuplent encore la nuit de la forêt Lacandone [1]. »

---

1. Marcos, interview à *La Tribune de Genève*, 21 avril 1995.

DERRIÈRE LE GRAND PORTAIL VERT...

Acte III. Vers le milieu des années 90, les corps ont commencé à réapparaître, et avec eux l'idée de l'espace, de la matière et toute l'épaisseur de l'humain. *Piqueteros* argentins, sans-terre brésiliens, résistants urbains new-yorkais, *travelers*, *ravers* et modernes nomades anglais, sans-droits en France puis tuniques blanches italiennes. Tous ces mouvements ne répondaient pas à la même urgence. Cependant, les corps qu'ils activaient racontaient une et même histoire : reconquérir l'espace et manifester leur présence contre *l'invisibilité* et *la fluidité* auxquelles le marché voulait les condamner. Pour cela, ils inventaient un tour de passe-passe, une abstraction plus abstraite encore que le capital. L'abstraction de l'abstraction. Une esthétique à faire rougir Malevitch. Un genre de carré blanc sur fond blanc de la contestation. Une recherche qui avait débuté au Chiapas, s'était poursuivie en France avec le mouvement des chômeurs puis avait gagné l'Italie : rendre visible l'invisible. Voilà quel était le troisième acte de la nouvelle incarnation. Après la déconstruction du désespoir et la renaissance sémantique, la danse des *Invisibles* contre l'emprise des flux [1].

---

1. Dans la première moitié des années 90, les routes ont été le théâtre privilégié de la nouvelle incarnation :

La condition de l'Invisible, je l'ai découverte très jeune. À Calcutta... Bengale, Inde. J'y ai de la famille. Ma grand-tante est née là-bas. Elle s'appelle Krishna. Elle descend du noble Rabindranath Tagore, prix Nobel de littérature. C'est chic. Ma grand-tante est morte, mais la famille a conservé la maison de sa mère. À l'intérieur, il y a un lit immense, une moustiquaire, deux photos usées d'Henri Cartier-Bresson qui datent du temps où il y séjournait, deux portes-fenêtres par lesquelles se faufile clandestinement la rumeur de la ville, une table basse, une com-

---

Reclaim the Streets en Angleterre et les premiers *piqueteros* argentins vers 1993 ont mis au cœur de leur stratégie l'occupation de l'espace route. « Dans ce réseau [celui de la société de l'information], écrit le sociologue Manuel Castells dans *L'Ère des réseaux (op. cit.)*, aucun lieu n'existe en soi, puisque les situations sont définies par les flux. Aussi, le réseau de communication est-il la configuration spatiale fondamentale : les lieux ne disparaissent pas, mais leur logique et leur signification sont absorbées par le réseau. » Face à cette absorption, les routes furent à la fois les alliées du capital et leurs ennemies : lieu de passage des biens matériels, donc des services et de l'information qui les commandent, elles sont aussi résistantes du fait qu'elles demeurent les traces d'une distance à parcourir, d'un trajet. Elles portent la conscience de la matière, de l'épaisseur, des longueurs et des langueurs, enfin des défilements d'espaces à travers le temps. C'est sur et par la route que les *piqueteros* argentins et les activistes de Reclaim the Streets ont fait sentir que la matière résiste aux liquidités financières. En la bloquant, ils ont rappelé les flux à l'épaisseur des corps.

mode. Le tout est posé sur un béton rouge ocre. Le salon a un goût de poussière : portraits d'ancêtres, table basse encore, et le silence, cette fois, souligné par les pales d'un vieux ventilateur qui remue la mémoire. La cuisine est vide ; le vide d'un temps pré-moderne. Autour de la maison de ma grand-tante, à Calcutta, il y a aussi un jardin et, pour fermer le jardin, un grand portail vert, et derrière le grand portail vert, la masse des *Invisibles*. On connaît la musique : les *pauvres de Calcutta*. Le regard de l'Occident a tant érotisé leurs maigreurs, la vieille mère Teresa a tant sanctifié leur dénuement qu'on finit par les envier. Les *pauvres de Calcutta*... Des clichés. Des images sans valeur. C'est à force d'exhiber la compassion. D'abord, on trouve ça beau, puis on perd le désir de voir, puis on perd la vue. Eh bien, je peux le dire, car je l'ai senti comme un clou dans les yeux. À Calcutta, devant la maison de ma grand-tante, passé le lit immense, la moustiquaire, le vieux ventilateur, les deux tables basses, le béton rouge ocre et les portes-fenêtres, derrière le grand portail vert, l'*Invisible* se voit. Il se voit parce qu'il pue. Il existe parce qu'il pue. Il vit parce qu'il pue. Et cette puanteur vous perce les yeux et vous met dans le crâne que les corps sont irréductibles aux flux. C'est pour rappeler les *scheezes* à cette puanteur que les résistances des années 90 ont forgé l'esthétique des Invisibles.

Le masque a été le premier signe de cette esthétique. Non pas de ceux que l'on porte à Venise, les soirs de Carnaval. Le masque prohibé. Une cagoule. Un bout de tissu. La laine qui gratte, la bouche et le nez qui mouillent. L'haleine qui chauffe les joues. Les joues irritées. De part et d'autre de l'Atlantique, du champ politique au champ sonore, de l'insurrection à la *rave*, l'Invisible s'est masqué pour manifester sa présence. Les zapatistes étaient masqués. Les musiciens d'Underground Resistance également. Les premiers s'étaient soulevés le jour de l'entrée en vigueur du traité de libre-échange nord-américain – l'ALENA. Les autres cherchaient à échapper au contrôle des maisons de disques. Dans les deux cas, le masque était la réponse des corps invisibles aux abstractions des flux. Au Chiapas comme à Détroit, la conscience contestataire était désormais instruite du jeu des apparences : il n'est pas de contrôle sans identité et d'identité sans visage. Qui cache le visage dissout l'identité et déjoue les procédures du contrôle. Le masque était cette gomme. Une protection. Une manière de répondre à l'image, non par la critique et le détournement qui assèchent, mais par la dissimulation et la préservation de l'innocence. J'aurais aimé pouvoir extraire quelques citations habiles de mes cours sur *La Naissance de la tragédie*. Dire les débordements et la force qui naissent toujours des faux-semblants. Dire aussi que les masques de l'insurrection et des fêtes clandestines étaient un pied de nez au système de signification simple de l'échange marchand. Dire enfin que, des forêts d'Angleterre à la jungle Lacandone, le masque manifestait le retour de Dionysos dans l'arène d'Apollon. Hélas, j'avais mis le feu à mes cours au lendemain des résultats du baccalauréat. Adieu Antigone. Adieu Sophocle. Adieu Nietzsche... À la cérémonie, j'avais donné un nom : *l'embrasure des idoles*. Ce n'était pas un feu de dégoût, mais de joie. Je croyais alors que, une fois sorti de l'école, le monde me laisserait tranquille. J'étais pris d'un regret. Pourquoi avoir flambé mes archives ? J'aurais pu m'y replonger pour en extraire une théorie : étude comparée du masque dans le théâtre grec et de la cagoule chez les Indiens du Chiapas. Imbécile ! Bon à rien ! Qu'as-tu appris pendant toutes ces années ? Que reste-t-il de tes absences ? Le masque, bon Dieu ! Pourquoi ressurgissait-il hors des vieux théâtres ? Je croyais son sort réglé. Les simulacres de fête – les Gay Pride – l'avaient vidé de sa charge dionysiaque. Ses polysémies avaient été dérobées à l'Afrique et vendues aux enchères, aux barbares, à Drouot. Eh bien non ! Le masque n'était pas mort. Au contraire, il vivait de toute la vie des morts.

Le masque renaissait pour échapper à l'enfermement de l'image. Le masque renaissait pour échapper à l'enfermement de l'identité. Le masque renaissait pour échapper à l'appauvrissement du sens. Le masque renaissait pour sauver les exclus de l'ordre fluide. Le masque renaissait parce que la politique était devenue une représentation factice et que nous ne souhaitions pas y engager notre vrai visage. Hier, il servait à donner corps aux dieux. Désormais, il manifestait l'existence des moins-que-rien, des réfractaires, des démissionnaires, des gueux, rejetés et rejetons du capitalisme. Comme le pseudonyme, le masque était la seule stratégie de résistance valable contre la transformation de nos êtres poétiques en vendeurs de soupe. L'être de la dissimulation contre l'être de la promotion.

Le corps qui renaissait avec le masque avait appris des *raves*. Il n'était ni blasé, ni ennuyé, ni engagé. C'était un corps clandestin, caché, camouflé, provisoirement hors du monde plutôt que tristement contre le monde. Dans son livre *Senseless Acts of Beauty*[1], George McKay a pris soin de rappeler qu'à l'origine les *raves* n'étaient pas directement politiques. Elles étaient au contraire le fruit d'une rencontre entre l'individualisme thatchérien, l'hédonisme béat des vacances organisées, la résurgence désengagée des psychotropes – le MDMA au lieu de

1. George McKay, *Senseless Acts of Beauty, Cultures of Resistance since the Sixties*, Verso, 1996.

l'acide – et un cyber-optimisme technologique. Cela dit, le corps indifférent de la *rave* était rattrapé dans sa fuite. L'État lui refusait son autonomie. Il le bloquait. Il lui interdisait l'accès à l'espace. En 1994, le Parlement anglais avait voté une loi qui précipitait sa repolitisation : le Criminal and Justice Act. Un modèle du genre. Tous les nomades insolvables, *travelers*, *ravers* étaient visés. Au terme des articles 63, 64 et 65, les fêtes clandestines étaient interdites : « Une *rave* est définie comme un rassemblement de plus de cent personnes auxquelles une musique amplifiée – totalement ou de façon prédominante caractérisée par l'émission de rythmes répétitifs – est jouée de façon qu'elle cause de sérieux troubles dans la communauté locale, à l'air libre et la nuit. Cette disposition donne à la police le pouvoir de donner ordre aux personnes de se disperser si elle estime qu'ils sont en train de préparer une *rave*. » Apollon gagnait du terrain. L'occupation de la terre – même lorsqu'elle était propriété commune – devenait un délit. Si bien que les *ravers* étaient tirés hors de leur abstention. Et la même logique partout pouvait être observée. Les flux financiers désiraient irradier la totalité de l'espace-temps ; les corps se dressaient soudainement comme la bite des pendus. Vous savez, quand le plancher tombe, que la corde serre le cou brutalement, le sang monte à la tête et la queue se raidit d'un coup. Mécaniquement. En colonisant de nouveaux espaces, le capital étendait le domaine de la lutte et transformait ce qui n'était qu'un désir d'exister en une nécessité de résistance. Comme un milicien au petit matin blême, il nous tirait hors de nos songes. En pénétrant les chairs, en irradiant la terre, il contraignait la matière et l'esprit à se plier puis à se dissoudre... Et c'est contre cette dissolution-disparition que les Indiens zapatistes entraient en résistance, contre cette désincarnation que les activistes anglais de Reclaim the Streets poursuivaient la lutte entamée à Claremont Road, contre cette impossibilité de la fuite que les *ravers* sortaient de leur hypnose.

Je venais de boucler mes études pour ne plus y revenir. Deux Grandes Écoles. Je croyais en être sorti indemne, la conscience libre. Je sais aujourd'hui mon erreur. Les Grandes Écoles vous marquent plus encore que les mauvais parfums. Il faut des années pour s'en laver. Les connaissances, les connivences, les complaisances qui s'y nouent malgré soi vous rattrapent un jour ou l'autre, au détour d'un couloir. Des Grandes Écoles, on sort tabassé, cogné, l'esprit comme de la vase. La lobotomie y porte l'horrible nom de culture générale. Il faut beaucoup de force pour s'extraire du destin qu'elles vous tracent. Beaucoup de courage pour ne pas sombrer et se maintenir dans l'étonnement. On pourrait croire que ce n'est rien à côté du sort de la multitude. Mais c'est justement d'elles dont dépend le sort de la multitude ; des représentations qu'elles transmettent, des concepts dont elles veulent vous instruire. La seule fierté qu'il m'en reste, c'est d'avoir eu mille occasions de devenir idiot et d'avoir tenu bon. Dans les bibliothèques des Grandes Écoles, il n'y a ni Enfer, ni auteurs interdits. Le matraquage y sert de méthode. Elles n'ont qu'un seul objectif et qu'une seule fonction : sauver l'Institution. « Qu'est-ce qu'un citoyen ? » ; « La politique monétaire de la France en question ? » ; « Quel avenir pour l'Europe ? » ; « La politique étrangère des États-Unis 1945-1989 » ; « Les pays en voie de développement », etc. Les Grandes Écoles façonnent le consensus. Elles construisent une démocratie du milieu, aveugle au gros tas d'abstentions qui la condamne. Thèse, antithèse, prothèse... Vous êtes assis pendant de longues heures dans un amphithéâtre. Vous rêvez d'une université où l'on apprenne à penser comme on sculpte le bois. Seulement voilà ! Le bois est celui d'une étable où l'on gave les porcs. Autour de vous, les élèves se flattent d'avoir des vues d'adultes. Miniatures maléables si fières d'être modelées par des gardiens de l'aigreur. Lorsqu'on a subi tout cela, on comprend mieux comment, de l'Angleterre à la Terre de Feu, les gouvernements vendent et bradent les peuples... Citoyensconsommateurs... Les vautrés parlent aux vautrés.

J'ai quitté la London School of Economics pour New York. J'y suis resté quelques mois. Trois petits tours et puis s'achètent, les petites supérettes. L'Est ressemblait de plus en plus à l'Ouest. L'investissement verrouillait le réel. Dans la trilogie TAZ, antiTAZ, synTAZ, on était surtout à la période antiTAZ. L'État et les multinationales poursuivaient leur grand nettoyage de printemps. Décidément, la stigmatisation des corps invisibles était moins une affaire de baguette – comment faire disparaître un lapin dans un chapeau ? – que de matraque. Partout, le tour de magie suivait un protocole bien défini : on criminalise les populations marginales. On interdit leurs vagabondages. On ramasse ceux que John Major appelaient « les déchets municipaux ». Les mairies privilégient le commerce au plus grand bonheur des touristes – nomades solvables – et chassent les nomades insolvables.

Était-ce une ironie de l'histoire ou une simple coïncidence ? Le 1er janvier 1994, date de l'insurrection zapatiste, Rudolph Giuliani – très vite surnommé « Adolph » –, avait pris ses fonctions de maire de New York. Je sais qu'il est difficile de s'imaginer quel sentiment il inspirait alors. Dans l'urgence de la crise qui a frappé l'Amérique, après les attentats du 11 septembre 2001, les États-Unis ont reconnu en lui leur héros. *Time Magazine* l'a déclaré homme de l'année. Quelle étrange amnésie ! Pour moi, pour nous, les enfants du double effondrement, « Rudy » était avant tout le grand nettoyeur, l'inventeur de la tolérance zéro : une politique urbaine hygiéniste et sécuritaire qui, à défaut de changer la face du monde, avait défiguré Manhattan. Il appelait ça la reconquête économique des vieux centres : sous nos yeux, New York se transformait en Disney Park géant. Le Times Square cher à Henry Miller disparaissait. Les bavures policières étaient assumées au nom de la lutte contre la criminalité. « Rudy », « Giuliani », « Adolph », quel qu'ait été son nom, j'espère qu'un jour nous le sortirons de son panthéon pour réécrire son épitaphe : 1994-2001, maire de Gotham, Purificateur épique. Sa théorie des carreaux cassés qui emportait l'admiration des polices du monde enseignait que le tag le plus anodin devait être traité comme le premier signe de la décadence. Il fallait désormais choisir : la poésie ou le crime. Infâme « Rudy ». Et dire qu'Ils te vénèrent. Allez expliquer cela aux putes et aux clodos matraqués ; les Invisibles et leur puanteur de chatte et d'alcool. La Javel de l'hygiénisme marchand contre l'odeur javel du sperme. Grâce à lui, le théâtre de nos errances prenait des airs de shopping mall. Vendue, la ville. Vendues, les façades rayées. Vendue, la nostalgie. Une prostitution chasse l'autre. La police protégeait les intérêts privés tandis que les intérêts privés sculptaient le cœur de la cité à neuf. Mickey, un Big Mac, un cookie chez Starbucks et l'addition ! Le capital triomphait de la plus grande TAZ du monde – Manhattan. « Rudy », antithèse de la TAZ – notre antitaz – différait la syntaz – la Sainte TAZ. Dionysos massacré.

C'est contre cette rationalité que s'est construite l'esthétique des *Invisibles* : dissimulation de l'identité et réincarnation des corps. Refus de l'absorption et révolte de l'épaisseur. Le miroir cassé des visages et la puanteur des chairs. Elle disait l'enracinement, l'attachement à la localité, la défense de l'espace. Elle revendiquait une ville de la dérive. Celle que j'aimais, après tout... Avec brèches, enclaves en déshérence. La ville comme jungle, écosystème brouillon, cinémas de quartier, villes felliniennes contre supermarché Champion. Villes mystérieuses de Nerval et villes suspendues de Rimbaud. Fallait-il s'excuser de cette nostalgie ? Qui oserait à nouveau crier « Vive le crime » ! « Vive le crime ! Vive le crime ! » Rudy, c'était notre Napoléon, l'ordonnateur, le conquérant, celui qui partout faisait œuvre de loi et, comme le Code civil de Pontalis, transformait les vagabonds en malades, quadrillait la nuit, nettoyait les rues, fermait les lieux de la luxure. Le bourgeois au nom duquel il légiférait n'avait pas un chapeau haut de forme et une montre-gousset. Il avait un Walkman, des *training shoes*, un *casual coat* le vendredi, de l'après-rasage mentholé. L'American Psycho de Bret Easton Ellis avait remplacé le banquier Lafitte. L'hygiénisme de la consommation s'était substitué au moralisme de l'épargne. Cependant, tout de même, le bourgeois arrachait le globe oculaire des clochards et assassinait les putains pour se décharger de la détestation de son propre corps.

Comme les romantiques de *l'après* – Stendhal, Flaubert et Balzac –, nous avons étudié à l'école du désenchantement. Les règles du capitalisme, les livres de micro-économie, les plans d'ajustement structurels, les bilans des multinationales, les lois de l'offre et de la demande... Voilà quelle fut notre Encyclopédie classique, notre petit Voltaire illustré, notre ordre des raisons. Comme les romantiques de l'*après*, la réalité qui nous a été laissée en héritage n'a pas suffi à contenir nos rêves. Eux avaient traversé l'Empire puis la Restauration, Napoléon puis Charles X. Au premier rang, ils avaient pu contempler les arrivistes changer de régimes comme de chemises. Avec ou sans jabot, peu importait. Depuis, nous étions passés de la rastignaquerie au *dandysme de masse*. Cependant, la résignation demeurait identique... Talleyrand, Mitterrand... Caractère pour caractère... Il faut croire que, à plus d'un siècle d'écart, l'enfant à qui l'on raconte les mêmes histoires éprouve les mêmes ardeurs. Il veut fuir le siècle des petits opportuns. Il croit d'abord en une forêt couverte de brume. Bientôt, la brume ne suffit plus. Alors il quitte Lamartine et Musset et Hugo, trop larmoyant, trop désespéré, trop national. Il s'attaque au réel, cruellement, pour décrire avec grandeur le monde des petitesses. Bonjour, Balzac, salut, Flaubert, *come stai*, Stendhal ? Le romantisme + le réalisme, l'espoir + le désespoir, l'extérieur + le provisoire. Comme la rationalité des Lumières et les intrigues des villes européennes avaient provoqué une réponse romantique au XVIIIe siècle puis au XIXe, la rationalité du capital et la vanité des *scheezes* à la fin du XXe et au début du XXIe siècle ont réveillé LE GRAND « JE » DE LA CRITIQUE POÉTIQUE. « JE » EST NOUS DANS UN MONDE INCARNÉ OÙ L'ÉPAISSEUR REMPLACE LE FLUIDE COMME NOUVELLE MODERNITÉ. « JE » EST PÉRIPHÉRIQUE, DÉMISSIONNAIRE POUR PRÉSERVER L'INNOCENCE, MAIS « JE » SAIS TOUT DE L'ABDICATION ET DU CYNISME QUI PARTOUT RONGENT, ALORS « JE » EST MOQUEUR, EFFRONTÉ AU CŒUR DU MONDE... MAIS D'UNE ENCLAVE L'AUTRE, « JE » PERCUTE D'AUTRES MILLIERS QUE LUI ET CES

PERCUSSIONS FORMENT LE GRAND NOUS PAÏEN DE LA NOUVELLE INCARNATION.

IL Y A UNE NOCTURNE CHEZ IKEA !

Acte IV. J'entrais dans la vie *active*, comme on dit. Fini, l'école. Fini, les professeurs. Fini, les bulletins. Adieu, hormones ! Bientôt, je pourrais m'acheter un pouf. Bientôt, je rentrerais chez moi épuisé. J'allumerais la télévision. Je regarderais impuissant le sous-marin *Koursk* sombrer, comme la petite fille dans la boue de mes dix ans. J'avalerais des cacahuètes et des cocktails apéritifs. Raisin sec pour raison sèche. Bientôt, je prendrais plaisir à contempler le bal des vautrés. Bientôt, je serais comme toute l'élite, happé par l'épicentre. Je serais le témoin d'intrigues insignifiantes ; qui est en grâce et qui est disgracié ? Serons-nous encore dans la grille l'année prochaine ? Départements en ressources humaines, conseillers d'orientation. Vous aimez le contact ? Les relations publiques vous tentent ? Bientôt, j'enverrais ma lettre de motivation pour remplacer l'une des victimes du World Trade Center. Je ne correspondrais pas au profil. Bientôt, je téléphonerais à mes vieux amis de promo. Je m'excuserais de les avoir tant méprisés. Ils auraient une famille, un travail respectable, un fonds de pension prudent. Ils m'annonceraient que oui !, ils m'appelleraient si quelque chose se présentait. Ils me diraient encore que je devais m'y attendre – la conjoncture n'est pas très bonne, et la conjecture pas bien meilleure. Je raccrocherais. Je courrais de premières en sauteries, de before en after. Je me laisserais porter par le vent du type qui est dans le vent. Je contemplerais ému mes ardeurs de jeunesse. J'essayerais de me départir de cette mauvaise réputation de jeune homme engagé. Mais non, mais non. Bien sûr... Je ne crois en rien. Comment le pourrais-je ? Je renierais le temps des pustules. Je me bonifierais avec l'âge. Je serais écrivain, artiste ou créateur, enfin quelque chose qui en impose, qui vous impose, qui vous pose. J'userais de mes statuts pour embrasser de plus jeunes que moi. Si jeunes parfois que je serais condamné. J'arguerais de ce bel hédonisme pour rafraîchir une image subversive légèrement passée de mode. Je ne serais pas amer. Je saurais que la révolution ou la révolte ou l'insurrection ne sont jamais que des prétextes ; des excuses pour balayer le monde épuisé et se faire une place au soleil. Je ne parviendrais pas à convaincre... Pourtant j'avais été sincère.

J'étais encore jeune. Je n'avais pas vingt-trois ans. Je m'étais construit de solides réseaux. La contestation était décidément un excellent commerce. Je devenais malgré moi un genre de livreur SOS Pizza de la pensée subversive, le Allô Apéro de la contre-culture, le Plateau-Repas du décalage, le Pepperoni cheesy crust du refus. Plus je creusais le fond des âmes révoltées, plus mon banquier me souriait. Alors, comment se porte votre colère, monsieur ? Et mon compte, comment va-t-il ? Bien, monsieur. De mieux en mieux. À merveille. Souhaitez-vous un crédit ? Et pourquoi pas, après tout... C'est bien agréable de reconstruire son utérus en plus grand, avec des fauteuils club. Oui, c'est une chic idée. Il y a une nocturne chez Ikea, tous les jeudis soir ! Hélas, j'anime une émission sur le thème mélancolie et avenir. Je ne pourrai pas m'y rendre. Une autre fois, peut-être. Oui ! Une autre fois... Le monde me donnait un cap. Si je lisais, je me devais de lire UTILE. Si je pissais, je me devais de pisser UTILE. Si je sortais, je sortais UTILE. Si je dansais, je dansais UTILE. Si je souriais, je souriais UTILE. Et j'entendais fort dans la tête, qui battait comme des coups de poing : quand est-ce que l'on pourra lire F-UTILE, pisser F-UTILE, danser F-UTILE et sourire F-UTILE. Pour protéger l'innocence, j'usais de pseudonymes. Sous un nom quelque part, sous un autre ailleurs. Une identité éclatée, en morceaux, histoire ne pas être le UN du savoir-faire et du faire-savoir. Encore, je rêvais d'abstention. Mais il y a le téléphone... toujours. Il sonne souvent. Il est là. Il me suit. Dans la médina de Tanger. Le son mosquito au milieu de l'obscure. Dans ce restaurant de La Boca, Buenos Aires... Sur le mode vibrato pour ne pas déranger El Chino, le patron, qui chante des tangos tristes à se mordre. Les ondes dans la poche, contre la cuisse, vous rappellent à l'ordre, à l'actif, au travail, aux flux. Ça y est. On est dedans. En plein dedans. Je vois les insurgés *nouvelle vague* qui se placent. La révolte finalement est un travail comme un autre. Qui sera à gauche et qui sera à droite du présentateur. Oui, vous, le moustachu, culterreux, paysan, hurlez ! Hurlez plus fort ! N'hésitez pas ! La dispute fait monter l'Audimat... Et vous, les réalistes qui prétendez avoir des solutions pratiques, des réformes à proposer... Allez-y. Détendez-vous. Tout sera un jour pris dans la GRANDE RÉFORME. Dedans. À l'intérieur. Une génération chasse l'autre. Nous avons vu 68 devenir patronat. Nous avons vu punk devenir consultant. Bientôt, nous y serons aussi... À moins que...

« Il faudrait introduire un concept nouveau, l'irréalisme critique, pour désigner l'opposition d'un univers imaginaire, idéal, utopique et merveilleux, à la réalité grise, prosaïque et inhumaine du monde moderne [...]. C'est par leur caractère irréaliste critique que non seulement des écrivains et des poètes comme Novalis ou Hoffmann, mais aussi des utopistes et des révolutionnaires comme Charles Fourier, Moss Hess et William Morris ont apporté au romantisme une dimension essentielle, aussi digne d'attention d'un point de vue émancipateur que la lucidité implacablement réaliste d'un Balzac ou d'un Dickens [...]. À chaque tournant des événements, le romantisme s'est divisé en courants progressistes et réactionnaires [1]. »

Voilà à quelle étape nous en étions. Le vieux ne s'était pas encore séparé du neuf. La réaction était encore inséparable du moderne. Comme au tournant du XIXe siècle... Madame de Staël, dans *De l'Allemagne,* le livre toujours cité comme le premier signe du romantisme français, n'avait pas totalement abandonné les enseignements des Lumières. Dans son *Génie du christianisme*, Chateaubriand parlait au nom des exilés, depuis un âge d'or de la monarchie. Tous les deux hésitaient. Plus modernes que les classiques. Plus nostalgiques que modernes. Le réveil du sentiment exigeait que le corps et ses épaisseurs soient rappelés de l'oubli, mais il flirtait encore

1. Michael Löwy et Robert Sayre, *Révolte et Mélancolie*, *op. cit.*, p. 22-23.

avec le monde d'hier. C'est là toute l'ambiguïté du romantisme. Il ne tient qu'à ses contemporains de le jeter à la cave, à côté des vieilleries, ou très haut dans le ciel, auprès des utopies. Nous en étions au même moment : début XIXe-début XXIe. Phase hésitation. Étape transitoire. Côté vieux : les cassandres de l'idée nationale. Côté neuf : nous ! Itinérants irraisonnés d'une époque anticorps, antiterre, antichair, dissimulés parce que timides, joyeux parce que désespérés, incarnés mais sans frontière, ironiques parce que incertains, nostalgiques non pas du passé qui n'est plus, mais d'un avenir qui pourrait être. Toute cette agitation mènerait-elle ailleurs que là où nous savions ?

Le romantisme aux yeux ouverts balbutiait. Pour faire revivre le corps et le sang et la terre, il se retrouvait parfois du côté des réacs et parfois du côté des visionnaires. Il n'avait pas encore atteint le cœur de l'époque et changé le regard des contemporains. Il prononçait de belles paroles, mais sa voix peinait à convaincre. C'est que, au cœur du monde, le *dandysme de masse* et les *scheezes* n'avaient rien entendu. L'art. Oui ! L'art et la littérature seuls peuvent sauver l'épaisseur et le spirituel de l'être, transcender la passion historique, gagner le réel, l'entailler et conquérir d'autres consciences jusqu'à ce que l'enfermement soit brisé par la mort ou par la liberté et que le corps réapparaisse, castagné par les flux, en sang mais vainqueur.

Au début de l'année 1998, j'ai reçu un message. Il était signé de l'Electronic Disturbance Theatre, un groupe d'activistes new-yorkais sympathisants zapatistes fondé par Ricardo Dominguez. Il proposait une manifestation virtuelle contre le gouvernement mexicain. Carmin Karasic et Brett Stalbaum, deux membres de l'EDT, avaient emprunté à des hackers italiens l'un des premiers logiciels de manifestation virtuelle : Netstrike, le programme déjà utilisé contre la reprise des essais nucléaires français, avait été renommé Floodnet. Le lien entre des paysans indiens d'une région perdue du Mexique, des hacktivistes branchés de la côte Est américaine, les centres sociaux italiens et les TAZ du monde entier était désormais possible. La nouvelle incarnation entrait dans l'ère des réseaux. L'action de l'EDT avait suivi le massacre d'Acteal au Chiapas, où quarante-cinq Indiens avaient été tués [1]. En quelques mois, les sites et messages en solidarité avaient bouleversé les habitudes de lutte. Toutes les poches de résistance entraient désormais en résonance. Elles se soutenaient, s'informaient, s'entraidaient. Je me les représentais comme ces archipels pirates de l'ère moderne qui avaient perturbé les grandes routes maritimes aux XVe et XVIe siècles. Il y avait l'île des fêtards clan-

1. Le massacre d'Acteal a eu lieu le 22 décembre 1997.

destins, qui avait survécu à l'offensive libérale de Thatcher, celle des squatters italiens des centres sociaux, où s'était réfugiée l'extrême gauche, les situs-entarteurs qui avaient hiberné en Belgique, les premiers activistes informatiques, quelques artistes résistants qui refusaient de se contempler dans le miroir de la marchandise. Il y avait aussi les mouvements homos et lesbiens, les luttes pour les minorités ethniques aux États-Unis, les éco-guerriers, et puis les cadres, ceux qui poursuivaient leurs idéaux au sein des organisations non gouvernementales. Tous ces archipels formaient *l'hyperconscience* de la révolte et se mettaient désormais en mouvement.

« Au XVIIIe siècle, les pirates et les corsaires créèrent un "réseau d'information" à l'échelle du globe : bien que primitif et conçu essentiellement pour le commerce, ce réseau fonctionna toutefois admirablement. Il était constellé d'îles et de caches lointaines où les bateaux pouvaient s'approvisionner en eau et en nourriture et échanger leur butin contre des produits de luxe ou de première nécessité. Certaines de ces îles abritaient des communautés intentionnelles, des micro-sociétés vivant délibérément hors la loi et bien déterminées à le rester, ne fût-ce que pour une vie brève, mais joyeuse [1]. »

1. Hakim Bey, *TAZ, Zone autonome temporaire, op. cit.*, p. 7.

Contrairement au premier romantisme, celui qui était en train de naître se référait moins à l'époque médiévale qu'à la piraterie. Le hors-la-loi se faisait appeler désobéissance civile, mais il suivait les mêmes lignes. Non-respect des frontières, dissidence à l'égard des États, concurrence vis-à-vis des autorités légitimes. On quittait les mythes de la chevalerie et l'image du Quichotte pour les grands flibustiers du temps de François Ier : Jean Ango, Jean Fleury, Jacques de Sores et François Clerc, dit Jambe-de-Bois. Après s'être déterritorialisé pour convaincre les pirates de l'espace information, la résistance revenait sur la terre... sur la mer, plutôt. Puisque les représentants du pouvoir se cachaient sur des navires et voyageaient de port en port – d'aéroport en aéroport –, les pavillons pirates, eux aussi, les traquaient dans leur résidence provisoire. Seattle, Davos, Prague, Nice, Québec, Göteborg, Gênes... Voilà quel était le sens du cortège nomade, cette *trans-résistance*. Le temps des poupées russes, des sabliers en cascades, des responsabilités fuyantes était attaqué de plein fouet. La *trans-résistance* suivait un double mouvement. Elle se fluidifiait pour contester le pouvoir fluide. Elle s'incarnait provisoirement pour saisir l'incarnation provisoire du pouvoir. Elle avait désigné les temples mobiles et débordait totalement le cadre des nations. Adieu, démocratie parlementaire. Les êtres conscients étaient ailleurs, dans les rues des autres villes, dans les campagnes des autres terres. Ils ont compris que cette chose itinérante et sans frontière est le véritable souverain, porteur de la légitimité poétique. Le théâtre qui redonne une force à la volonté *dans* l'Histoire. Et c'est la désignation de ces temples éphémères qui permet l'expression historique du *romantisme aux yeux ouverts*, sa dialectique pirate.

C'est ainsi que j'ai lu le slogan : « Un autre monde est possible ». J'ai d'abord souri. Toujours ce sourire qui me bouffe les lèvres. Je me suis dit : « Un autre monde ? Certes, mais lequel ? » Le slogan sonnait comme ces jolies phrases tirées de l'arsenal de l'utopie. Cependant, je me suis forcé à l'entendre sans rire ; afin qu'il ne sonne pas *piano* mais *forte*. Il faut prendre l'espoir au sérieux. Bien sûr, il y a les propositions concrètes proposées par les cadres de la contestation : la taxe Tobin, l'annulation de la dette, la supériorité des « bons » principes du droit international sur le commerce. Bref, toutes les esquisses de l'autre-mondisme. Secrètement, pourtant, je sais que ces idées visent à autre chose qu'elles-mêmes. Leur réalisme économique est très accessoire. La dialectique pirate est d'une autre nature. Elle oppose ce que l'écrivain Robert Musil a magnifiquement décrit : le *sens* du réel et le *sens* du possible.

Comme Ulrich, le héros de Musil, les *romantiques aux yeux ouverts* sont des hommes du possible. C'est par là que leurs désirs se distinguent de ceux du passé. Ils doutent plus qu'ils n'affirment. Ils explorent plus qu'ils ne concluent. Ils ouvrent plus qu'ils ne ferment. Ils embrassent plus qu'ils n'excluent. C'est l'indéfini de l'autre monde que nous cherchons à découvrir, et c'est l'affirmation de ce droit à la recherche qui constitue le point commun de la *trans-résistance*. La dialectique qu'elle construit est indéterminée. Elle tend à provoquer le réel plus qu'à le remplacer.

« Ainsi pourrait-on définir simplement le sens du possible, écrit Musil, comme la faculté de penser tout ce qui pourrait être “aussi bien”, et de ne pas accorder plus d'importance à ce qui est qu'à ce qui n'est pas. On voit que les conséquences de cette disposition créatrice peuvent être remarquables ; malheureusement – je dirais heureusement pour ma part –, il n'est pas rare qu'elles fassent apparaître faux ce que les hommes admirent et licite ce qu'ils interdisent, ou indifférents l'un et l'autre [...] Ces hommes du possible vivent, comme on dit ici, dans une trame plus fine, trame de fumée, d'imaginations, de rêveries et de subjonctifs ; quand on découvre des tendances de ce genre chez un enfant, on s'empresse de les lui faire passer, on lui dit que ces gens sont des rêveurs, des extravagants, des faibles, d'éternels mécontents[1]... »

Nous, les enfants du double effondrement, nous étions tous *cet* enfant ; celui à qui l'on a tenté de « faire passer » le sens du possible. Nous avions appris à rire. *L'esprit des fins* nous avait presque convaincus d'abdiquer. Nous avions usé des critiques du spectacle pour réaliser des spectacles critiques. Nous étions capables, instruits des mille tours qui font de nous de bons chroniqueurs, d'excellents concepteurs-rédacteurs, de subtils mondains, des *scheezes* heureux. Nous étions cet enfant car nous étions sur le point d'adopter la pose des résignés. Nous avions désormais le choix entre deux existences. « L'un(e) poursuit la forêt, si l'on peut ainsi parler ; l'autre les arbres », écrivait encore Musil. Tandis que le cynisme est le trait principal des hommes du réel, les hommes du possible sont bien décidés à s'extraire de l'abdication. Je précise qu'il ne s'agit là que d'une inclination ; car j'ai vu dans les cortèges de Seattle, de Prague, de Gênes, une variété infinie dans la manière de conjurer l'enfermement : par le noir d'abord, le noir des Black Blocks, le plus proche du désespoir. Par la désobéissance

1. Robert Musil, *L'Homme sans qualités*, Paris, Seuil, coll. « Points », trad. fr. par Philippe Jaccottet, 1995, p. 19.

festive des roses, les Pinks, plus proche du rire. Par le blanc des Tuniques Blanches, à mi-chemin de l'ironie et de l'espoir. *Le romantisme aux yeux ouverts* couvrait tout le spectre des sentiments. Sa révolte portait les traces des échecs antérieurs, mais une foi la rassemblait et la tirait hors de la résignation : la foi en l'élégance.

Alors que je termine ce livre, j'ai vingt-cinq ans. Carlo Giuliani, lui, avait vingt-trois ans lorsqu'il est mort à Gênes, le 20 juillet 2001. La fenêtre arrière de la Jeep est brisée. C'est par là que le carabinier a tiré. Carlo Giuliani s'est approché. Il avait une cagoule sur le visage et il brandissait un extincteur. « J'entends bam-bam ! Le jeune homme est tombé par terre ; un geyser de sang lui est sorti de l'œil. J'ai tout de suite compris qu'il était mort[1]. » C'est une bavure, a-t-on dit. Le carabinier a eu peur. Il était jeune. Carlo Giuliani était jeune aussi. Je ne pense pas qu'il souhaitait mourir pour le G8, mais je parierais qu'il avait pensé mourir pour tout le reste : pour ne plus vivre dans cet impossible, pour ne pas être contraint à la résignation, pour ne pas adopter le rire cynique du spectacle, enfin pour

1. In *Le Monde*, 22-23 juillet 2001, témoignage d'un photographe indépendant qui était sur les lieux au moment où le carabinier a tiré.

ne plus être comme nous autres, des êtres suffoquant à l'intérieur d'une immense cage de verre. Il a brisé une fenêtre avant de mourir. La fenêtre est cassée, et c'est déjà beaucoup. Car il tient à peu de choses que cette fenêtre vaille pour toutes les autres. « Où est la sortie ? » se demandait Hakim Bey. Il se pourrait qu'elle soit là, aux abords de cette fenêtre cassée et de cette flaque de sang. Il se pourrait aussi qu'il n'y ait plus jamais écrit nulle part le mot *exit*.

ÉPILOGUE

Il est plus aisé de fuir le capitalisme que sa famille, bien sûr. Et c'est pourquoi j'ai tardé à y venir. Les journaux aiment bien mettre des noms sur les choses, aussi je me permets de prendre les devants : Antoine Riboud, longtemps président-directeur général du groupe BSN. C'est mon grand-père. Ses frères. Jean, ancien PDG du groupe Schlumberger. L'autre frère, Marc, le plus jeune. Photographe à l'agence Magnum, celui que j'ai choisi parce qu'il a rompu avec cette fatalité ennuyeuse des affaires courantes.

Je suis l'héritier d'une yaourtière géante. Je m'en suis longtemps caché. Je ne voulais pas m'encombrer du gros tas de névroses que charrie ma famille. Mon grand-père fut donc un *digne* capitaine d'industrie. Une usine puis l'autre. On le disait à gauche. Le Frigidaire était rempli de ses OPA. L'eau minérale qu'il fallait acheter. Evian. La bière qu'il fallait boire. Kronenbourg. Les pâtes qu'il fallait cuire. Panzani. Enfin, le fromage blanc qu'il fallait sucrer. Danone. Le grand-père venait souvent déjeuner dans la maison de mes parents, à quelques kilomètres de

Paris. Il ne manquait jamais d'inspecter les placards comme pour y débusquer une trahison. Quand il y trouvait une marque de la concurrence... Ça tombait. Une crise. Poubelle. C'était réglé. Presque drôle. L'image pure de l'aliénation. Les marques étaient son histoire, sa fierté et sa gloire. Et c'est sur cette aliénation que j'ai vécu ; dans le devoir de consommer famille, d'acheter famille, de bouffer famille, de chier famille. La conscience du capitalisme m'est venue, en quelque sorte, de l'estomac.

Je me souviens en particulier du printemps 2001. Le printemps des licenciés. Danone, Marks & Spencer, Moulinex, Bata. La famille ou bien l'humanité ? La contestation ou l'héritage ? La loi des rendements ou le dénigrement de soi, de nous, de tout ce qui nous a portés et embrassés et nourris ? Si le sang est le même, doit-on se sentir responsable ? Je n'ai pas d'autres réponses que celle-ci : si l'on ne désire pas participer à la grande boucherie, si l'on souhaite sincèrement ne pas renforcer l'enfermement et l'emprise, alors il faut déserter, refuser le pouvoir, démissionner pour ne pas vivre ce moment où la machine vous oblige. Il faut refuser d'obéir, au point de quitter son poste. Au point de se licencier.

Si je signe ce livre d'un autre nom que celui qui m'a été donné, ce n'est pas pour me dissimuler. Juste pour imaginer que je suis un autre et poser à jamais une distance entre moi et ce tas de névroses. Ce n'est pas un masque. Tout simplement un avatar qui injecte de l'ailleurs dans le triste destin de l'élitisme français. Camille, mon prénom, je l'ai choisi un soir d'hiver, en sortant d'un petit théâtre d'Ivry-sur-Seine. C'est le prénom de mon arrière-grand-père ; un humaniste, sans doute, puisqu'il s'est épargné la peine de vivre une deuxième guerre en écourtant sa belle histoire par un suicide, en 1939. De Toledo est l'autre nom de mon père, celui des Juifs qui au début de la modernité, en 1492, furent chassés d'Espagne. J'aime sa sonorité, car elle évoque une aristocratie de l'exil. J'espère que ceux qui m'auront compris m'appelleront Camille et ne me parleront plus jamais de grand-père, de papie, de pépé, enfin de ce petit bout d'homme qui est mort hier ou avant-hier. J'ai déjà oublié. Je l'embrasse une dernière fois. Désormais, je veux repartir à zéro.

Bienvenue chez les vivants, Camille de Toledo ! Il paraît qu'on s'y amuse bien.

LES TROIS ÂGES DE LA RÉVOLTE

DE LA CHUTE DU MUR DE BERLIN À L'EFFONDREMENT DES TOURS

I. L'âge du nouvel enfermement

<table>
<tr><td>1. Neutralisation de la volonté par l'énoncé de la fin dialectique après la chute du Mur.

2. Neutralisation de la contestation par la mémoire coupable de la Shoah et la mémoire désabusée de l'esprit 68.

3. Disparition des lieux pour l'action par la mise en apesanteur et la nomadisation du pouvoir politique et financier.

4. Déréalisation du monde par l'Image et transformation de la révolte réelle en posture critique contre l'irréelle.

5. Absorption de toutes les marges contre-culturelles et avènement de la Rebellionomics ou le capitalisme à l'âge rebelle.</td><td>produisent</td><td>Esthétique de la résignation

Rire et dandysme de masse</td></tr>
</table>

II. L'âge de la nouvelle emprise

1. La contre-culture technologique bascule du corps-contre-le-capital de la TRANSGRESSION en corps-pour-le-capital de la TRANSFORMATION.

2. L'analogie corps-machine détournée de son sens par l'élite intellectuelle et artistique consacre l'avènement de l'homme-flux et la fin du corps déviant.

3. L'ère des réseaux et de l'accès issue des milieux de la nuit devient le mode opératoire de l'économie au grand jour.
Le capitalisme, l'art, l'intelligence, après avoir communié par la danse, fusionnent par prises de participation croisées.

produisent

Esthétique de la liquéfaction

La *scheeze* et la trahison des chairs

4. Vers la fin des années 90, l'économie de l'immatière achève la scission entre les populations nomades – ordonnatrices des flux – et les populations sédentaires – exécutantes des flux. La terre, le sang, la matière sont considérés comme réactionnaires.

III. L'âge de la nouvelle incarnation

1. Construction d'un *extérieur provisoire* par l'invention de zones autonomes temporaires contre le monde clos des flux de marchandise.		
2. Réaffirmation de l'être poétique contre l'être marchand, utilisation de l'espace des flux par le Verbe insurgé, passage de la guérilla armée à la guérilla sémantique.		
3. Réincarnation des corps par la pratique de l'action directe non violente et dissimulation de l'identité pour échapper à l'enfermement de l'image. Contre la trahison des chairs, la contestation définit une ontologie des inutiles.	produisent	Esthétique de l'invisible Le romantisme aux yeux ouverts
4. Nomadisme de la résistance contre pouvoirs nomades et reconstruction d'une dialectique ouverte sur l'infini des possibles. La nouvelle contestation parie sur la volonté de l'homme dans l'Histoire.		

Table

Le nouvel enfermement
Où est la sortie ? 13

La nouvelle emprise
Quelle est la couleur de l'eau ? 87

La nouvelle incarnation
Quel est cet invisible que l'on voit ? 143

Épilogue 209

Les trois âges de la révolte 213

Composition réalisée par NORD COMPO

Imprimé en France sur Presse Offset par

BRODARD & TAUPIN

GROUPE CPI

La Flèche (Sarthe).
N° d'imprimeur : 28496 – Dépôt légal Éditeur : 55543-03/2005
Édition 01
LIBRAIRIE GÉNÉRALE FRANÇAISE – 31, rue de Fleurus – 75278 Paris cedex 06.
ISBN : 2 - 253 - 11259 - 3

31/1259/6